LUMENUMBRA

Utenau

Le recrutement

Tome 1

LUMENUMBRA

Utenau

Le recrutement

Tome 1

Stéphan Bilodeau et
Gilles Saint-Martin

Éditeur : François Doucet
Révision linguistique : Katherine Lacombe
Correction d'épreuves : Nancy Coulombe, Catherine Vallée-Dumas
Conception de la couverture : Mathieu C. Dandurand
Illustrations : Mylène Villeneuve
Mise en pages : Sylvie Valois
ISBN papier : 978-2-89752-795-2
ISBN numérique : 978-2-89752-796-9
ISBN ePub : 978-2-89752-797-6
Première impression : 2015
Dépôt légal : 2015
Bibliothèque et Archives nationales du Québec
Bibliothèque Nationale du Canada

Éditions AdA Inc.
1385, boul. Lionel-Boulet
Varennes, Québec, Canada, J3X 1P7
Téléphone : 450-929-0296
Télécopieur : 450-929-0220
www.ada-inc.com
info@ada-inc.com

Diffusion
Canada : Éditions AdA Inc.
France : D.G. Diffusion
Z.I. des Bogues
31750 Escalquens — France
Téléphone : 05.61.00.09.99
Suisse : Transat — 23.42.77.40
Belgique : D.G. Diffusion — 05.61.00.09.99

Imprimé au Canada

Crédit d'impôt livres

Gestion
SODEC

Participation de la SODEC.
Nous reconnaissons l'aide financière du gouvernement du Canada par l'entremise du Fonds du livre du Canada (FLC) pour nos activités d'édition.
Gouvernement du Québec — Programme de crédit d'impôt pour l'édition de livres — Gestion SODEC.

Catalogage avant publication de Bibliothèque et Archives nationales du Québec et Bibliothèque et Archives Canada

Bilodeau, Stéphan, 1967-
    Utenau : le recrutement
    (Lumenumbra : 1)
    Pour enfants de 7 ans et plus.
    ISBN 978-2-89752-795-2
    I. Saint-Martin, Gilles, 1973- . II. Titre.
PS8603.I465U83 2015   jC843'.6   C2015-942032-6
PS9603.I465U83 2015

Table des matières

Mot des auteurs

Bienvenue à Lumenumbra, le royaume des éléments. Vous venez d'entrer dans un univers fantastique dominé par deux entités rivales : la Lumière (*lumèn*) et l'Ombre (*umbra*). Sa géographie est construite autour de quatre territoires sauvages liés aux éléments traditionnels de l'alchimie : la terre, l'eau, l'air et le feu. Ils entourent Utenau, une surprenante cité médiévale où le traditionalisme se mêle parfois aux technologies les plus excentriques.

Dans ce roman, vous allez vivre la passionnante histoire de trois jeunes Lumenens (gardiens de la Lumière) qui pourraient bien avoir de nombreux points communs avec vous. Car le royaume de Lumenumbra ne se limite pas à un monde imaginaire. Vous pouvez vous y rendre pour participer à d'incroyables aventures ou simplement pour le visiter. Pour tout savoir sur Lumenumbra et ce qui vous y attend, rendez-vous sur le site officiel du royaume :

www.lumenumbra.ca

Remerciements

Tout d'abord, un immense merci à Mylène Villeneuve, dont les superbes illustrations illuminent ce tome.

Nous tenons également à exprimer notre gratitude envers notre groupe d'auteurs collaborateurs sans qui cet univers ne serait pas aussi merveilleux : Guy Bergeron, Dominic Bellavance et Elise Sirois-Paradis.

Et pour terminer, nous aimerions particulièrement remercier notre sympathique équipe de testeurs de tous âges : Dominic Turcotte, Bianca Bilodeau, Jessyca Bilodeau, Maxime Chapadeau, Émanuelle Pelletier Guay, Carla Klinger, Marc Levesque, Léonard Martin-Lévesque, François Potvin, Fabienne Saint-Martin, Olivier Saint-Martin, Maïssane Perreault, Karine Mayrand, Audrey-Anne Bélanger, Pierre Luc Bélanger, Rosiane Girard et Jeanne Cantin.

Chapitre 1

Les larmes du roi

Un nouveau jour se lève sur Utenau. Émergeant de l'horizon, le soleil caresse généreusement la face est de Lumia, l'immense tour qui domine notre belle cité. Depuis le balcon de mes appartements, une coupe de vin à la main, je la contemple en silence. Elle est si belle, si grandiose. C'est à son sommet que j'ai reçu l'an dernier mon titre de commandant de l'ordre. Je m'en souviens comme si c'était hier. Une rencontre avec la Lumière, c'est un grand privilège. C'est si beau, si émouvant, c'est le couronnement d'une carrière pour laquelle je me suis toujours senti prédestiné. Ça ne s'oublie pas, jamais. Cette récompense, je la souhaite à tous mes compagnons de l'ordre et, au quotidien, je fais tout pour qu'ils puissent y arriver.

Soudain, des coups donnés contre la porte me sortent de mes pensées.

— Entrez, dis-je en retournant dans la pièce.

Jéwéa, une jeune magicienne récemment élevée au grade de gardienne suprême, apparaît dans l'embrasure de la porte. Couronnés par le diadème d'or identifiant son rang, ses longs cheveux blonds brillent de mille feux à la lueur des lampes. Je suis fier de ses prouesses. Elle incarne parfaitement le prestige de l'ordre des Lumenens. Un jour, peut-être, elle me succédera. Mais alors que je m'avance à sa rencontre, je remarque que son visage est tendu, préoccupé.

— Bonjour, seigneur Firo, commence-t-elle. Je viens de la part du roi. Il a demandé à vous voir immédiatement.

— Que se passe-t-il, Jéwéa ?

— Je l'ignore, seigneur.

Cette réponse n'est pas vraiment celle que j'espérais. J'enfile mon armure, puis ma cape et retourne aux côtés de Jéwéa.

— Je pars sur-le-champ, annoncé-je en posant une main sur son épaule. Je devais entraîner les gardiens ce matin. Fais-le à ma place, je te prie. Il faut leur apprendre à suivre une piste d'ignis. Donne-leur rendez-vous dans…

— Dans l'arène, coupe-t-elle en souriant. Je sais, seigneur. Ce sera fait. Ils se souviendront longtemps de cet entraînement, faites-moi confiance.

— Merci, Jéwéa.

Peu après, je me retrouve dans la rue et prends le chemin du château. Sur les pavés recouverts de rosée, mes bottes claquent comme un métronome. De nombreux regards se tournent vers moi, surpris. Il faut dire que mon armure dorée et ma cape de soie blanche ne passent pas inaperçues. En ces temps de paix, mes apparitions se font rares. Je passe le plus clair de mon temps au quartier général de l'ordre. Mais malgré cela, mon visage est célèbre, surtout s'il est mis en valeur par mon uniforme. Je suis le chef des Lumenens ; tout le monde me connaît. Pour les narpéens, je représente l'élite armée du royaume, le soldat de la paix. Pourtant, je ne prête pas la moindre attention à tous ces gens. Non pas par arrogance, mais parce que je suis inquiet, tourmenté. Le roi n'a pas l'habitude de me convoquer ainsi en urgence. Il se passe quelque chose de très grave, c'est évident.

Je passe l'entrée du château en rendant machinalement leurs saluts aux soldats. Leurs tuniques ornées des armoiries royales et leurs impressionnantes lances leur donnent fière allure. Ils sont à l'image de la splendeur du règne de notre roi bien-aimé : Adalric Ier.

Il me reçoit dans ses quartiers privés, loin des oreilles et des bouches de sa cour, et cela suffit à confirmer mes craintes. Il se passe quelque chose de très sérieux.

— Approchez, seigneur Firo, entame le roi à mon arrivée.

— Je suis à vos ordres, sire, lui dis-je en m'inclinant.

Le roi me fait signe de l'accompagner dans son bureau. Malgré son âge avancé, sa prestance est incomparable. Même sans couronne, son visage garni d'une épaisse barbe poivre et sel lui donne fière allure. Sur le bois terni par les années est étalée une carte d'Utenau. Elle est remplie de dizaines de notes accompagnées de dates. De là où je me trouve, j'ai du mal à les lire, mais je parviens néanmoins à en déchiffrer quelques-unes. L'une d'elles est datée de la semaine dernière et précise qu'un alchimiste a été enlevé dans son arrière-boutique. Une autre, plus ancienne, décrit un vol massif de poudre à canon dans la réserve royale. Je remarque tout à coup une note toute fraîche au niveau d'une rue située tout près du château royal. Elle se démarque des autres par l'imprécision du lettrage, comme si la main qui l'avait rédigée était très nerveuse. Il m'est impossible de décoder ces mots. Et là, lorsque je lève les yeux vers ceux du roi, je comprends qu'il est réellement paniqué.

— Que se passe-t-il, sire? Comment puis-je vous être utile? demandé-je en m'efforçant de conserver un ton posé.

Le roi demeure un instant silencieux. Après avoir inspiré profondément, il répond enfin à ma question.

— Tout ce que je vais te dire doit rester entre nous, Firo.

— Je vous promets de garder le secret absolu, sire.

— Bien. Regarde cette carte, je te prie.

Son ton est étrangement familier, presque amical. C'est la première fois qu'il me tutoie. Un peu troublé par cette attitude, je m'approche de la carte. J'ai certes toujours entretenu avec Adalric Ier de très bonnes relations, mais elles tenaient compte de nos rangs respectifs. Il est le roi et je suis à son service. Ce qu'il veut me confier ici, dans la plus grande discrétion, l'affecte personnellement, c'est certain.

— Observe bien notre cité, Firo, et lis attentivement les notes que j'y ai apposées, reprend le roi.

J'étudie rapidement le parchemin. Tous les textes évoquent des événements tragiques : des vols, des accidents, des disparitions, des crimes… Je remarque soudain un fait troublant que je partage aussitôt :

— Ces drames se sont tous produits près des portails, sire. Il y en a eu beaucoup en très peu de temps.

— En effet, répond le roi. Mais regarde attentivement les dates.

Je comprends alors où il veut en venir. Plus les dates sont récentes, plus les événements auxquels elles se rapportent sont situés près du centre de la ville, là où la tour Lumia et le château royal qu'elle surmonte se trouvent. Ces annotations ressemblent à quatre chemins sinueux et irréguliers convergeant vers le cœur de la cité. Un très mauvais pressentiment me noue la gorge un bref instant.

— Tu as compris? reprend le roi dès que mes yeux quittent la carte.

— Oui, sire. Le mal s'insinue progressivement au cœur de notre cité. Vous êtes menacé.

— En effet, Firo. Je ne sais pas qui est responsable de tout cela. C'est un mystère qui me tourmente nuit et jour. Je sens qu'un grave danger plane sur le royaume tout entier. Je crains pour ma famille et pour mon peuple.

— Serait-ce possible que…

— Quoi donc, Firo?

— La Lumière, sire. Depuis quelques jours, il me semble que son aura ternit. Elle s'affaiblit.

— Je ne possède pas tes dons, Firo. Tu es un Lumenen et les liens qui t'unissent à la Lumière me sont inconnus. Mais ce que tu me dis confirme mes inquiétudes. Il faut agir dans les plus brefs délais.

— De quoi s'agit-il? demandé-je en posant mon doigt sur l'inscription illisible.

Le roi prend une grande respiration et finit par répondre dans un soupir :

— Ma fille… Maéva a disparu cette nuit.

— Mais pourquoi ne pas m'avoir aussitôt alerté ? J'aurais accouru, j'aurais mis mon armée à contribution.

— Je redoute les conséquences. Avec cette menace qui se trame, si je ne suis pas capable de protéger les miens, comment mon peuple peut-il me faire confiance ? Je suis un roi élu, Firo. Ma position ne m'a pas été offerte par le sang, elle m'a été confiée par les narpéens. Et comme tout dirigeant, j'ai des rivaux qui guettent l'occasion de prendre ma place et mon pouvoir, même en ces temps de paix. Comprends-moi bien, je chéris ma fille plus que tout, et sa disparition m'accable. J'ai peur de perdre mon sens du jugement et de basculer dans la folie. Non, il faut garder cela secret, du moins pour l'instant.

— Et la reine ?

— Je ne lui ai encore rien dit.

J'ai du mal à soutenir son regard bouleversé. Adalric Ier, ce roi que je respecte et à qui j'ai juré loyauté, est méconnaissable. Sagesse, courage, altruisme, où sont passées les qualités qui ont fait sa légende ? À cet instant, il n'est plus que l'ombre de lui-même. Je ne peux pas laisser durer cela.

— Je vais mener mon enquête, sire, déclaré-je avec fermeté. Je resterai discret, mais cela n'entravera pas mon efficacité, soyez-en sûr. Je retrouverai la princesse Maéva et identifierai la source de ce mal.

— J'ai confiance en toi, Firo. Que vas-tu faire ?

— Dans un premier temps, je vais agir seul et anonymement. Ce sera plus discret. Selon ce que je découvrirai, nous aviserons.

— Je suis d'accord, répond le roi, un timide sourire d'espérance au coin des lèvres. Laisse tes armes et ton uniforme ici, je vais les dissimuler. En tant que roi, j'ai le privilège d'être le seul à connaître quelques passages secrets qui te permettront de quitter discrètement le château. Va maintenant, et tiens-moi informé aussi souvent que possible.

Vêtu de ma seule tunique, semblable au plus commun des narpéens, je quitte les appartements du roi d'un pas décidé. En mon for intérieur, je pressens que cette histoire risque de bouleverser le destin d'Utenau. Ma mission est capitale. Je ne dois pas faillir.

Chapitre 2

Utenau l'immortelle

L'ambiance qui règne dans les rues n'est pas comparable avec celle que j'ai vue à l'aube. Toutes les échoppes ont maintenant ouvert leurs portes. Les clients se pressent sur les pavés dans un véritable brouhaha. Portant une simple chemise blanche et un pantalon, je n'attire l'attention de personne, ce qui me convient parfaitement. Du coup, je dois supporter les bousculades, volontaires ou pas, de ceux que je croise. Mes bottes sont déjà toutes souillées. De toute façon, c'est bien le moindre de mes soucis. Je ne suis pas là pour faire l'inspection de mes troupes, mais pour enquêter discrètement.

Après tant d'années passées dans l'ordre des Lumenens, j'ai perdu l'habitude de la foule et de son agitation. Je me surprends même à trouver ma main crispée sur ma bourse remplie de lums. Il faut dire qu'à Utenau, le vol est monnaie courante. Le roi l'appelle avec humour «le marché caché». Depuis le début de son règne, il en a fait son deuil et, à défaut de pouvoir l'empêcher, il se contente de limiter son ampleur en prenant quelques mesures préventives ou punitives lorsque le besoin s'en fait sentir. Les narpéens sont si nombreux et différents qu'il serait impossible de vouloir les gouverner avec une seule et unique ligne de conduite. Il faut laisser la place au libre arbitre, à une certaine indépendance. Cela, Adalric Ier l'a parfaitement compris et c'est en partie pour cette raison que le royaume est devenu si prospère depuis qu'il siège sur le trône de Lumia, juste au pied de la tour du même nom. Utenau est une belle cité, une ville vivante et hétéroclite.

Chemin faisant, mes yeux se posent çà et là sur les curiosités architecturales qui se sont érigées depuis des siècles. Trop habitué à passer mes journées au quartier général de l'ordre, je prends un grand plaisir à les contempler de nouveau. Il y a de quoi s'émerveiller devant cette mosaïque colorée faite de bois, de pierre et de métal.

Les hauts murs d'enceinte de la ville ont été bâtis il y a près d'un demi-millénaire, juste après la guerre noire. Ils forment une barrière infranchissable séparant la civilisation narpéenne des territoires sauvages, ces vastes étendues où les éléments règnent en maîtres absolus. Leur robustesse est telle que le temps ne semble pas avoir eu le moindre effet sur eux. Certains anciens racontent même que les plus belles pierres ont été taillées par la Lumière elle-même. Mais comme ils ont souvent un coup dans le nez lorsqu'ils se mettent à révéler ce genre de chose, le Lumenen que je suis peut se permettre d'avoir quelques doutes sur leur sincérité.

Non loin de ces murs et un peu partout dans la cité, d'innombrables tours rehaussent le relief urbain. Chaque architecte a su mettre sa touche personnelle à la ville, selon la mode du moment. Peu de constructions se ressemblent. L'inventivité de ces bâtisseurs parvient toujours à me surprendre, comme si une mystérieuse magie les inspirait sans cesse. Et si on ajoute à cela les phénoménaux progrès technologiques qui ont marqué ces derniers siècles, on comprend mieux la raison de ces réalisations dépareillées, mais néanmoins harmonieuses. Elles forment un étonnant kaléidoscope pointé vers le ciel.

Le reste de la cité est quant à lui un immense labyrinthe de rues, de maisons de tous styles, de places animées et d'échoppes de toutes sortes. À mesure que j'avance, j'en vois plus que mes yeux ne peuvent assimiler. J'ai beau avoir grandi ici, m'être promené sur bon nombre de ces pavés, il y a des endroits que j'ai du mal à reconnaître tant ils ont subi de transformations. Cette impression est à la fois déroutante et rassurante. Car après tout, une ville qui ne change pas est une ville qui se meurt. Utenau, c'est une cité bien vivante, immortelle.

Faisant une courte halte, je m'aperçois que je suis juste devant Matau. Ce bâtiment fortifié est géré par les gobelins et gardé par plusieurs soldats bien armés. C'est l'une des clés de voûte du royaume. Il abrite une énorme machinerie dont la complexité n'a d'égal que son utilité. Avec ses multiples engrenages et ses tuyauteries tordues crachant des vapeurs colorées, elle sert à fabriquer les lums, la devise de notre royaume. Malgré l'importante épaisseur des murs et le vacarme de la rue, je perçois les grincements de son mécanisme. Un jour, j'ai eu la chance de visiter ces lieux. Le simple fait d'assister au laborieux spectacle de la création d'un lum est en soi une attraction captivante, un souvenir mémorable.

Je reprends ma promenade dans les rues, posant mille questions, le plus subtilement possible afin de ne pas éveiller de soupçons. Les personnes interrogées sont aussi nombreuses que variées. Il y a parmi elles des humains, mais aussi des mutants de toutes sortes qui sont probablement demeurés trop longtemps dans les territoires sauvages. Le peuple narpéen est en effet particulièrement diversifié. Malheureusement, aucun d'eux n'est en mesure de m'apporter des informations intéressantes. À force d'aborder et de questionner les gens, je finis par me demander s'ils ne se sont pas tous donné le mot pour me faire perdre patience. J'en arrive même à regretter de ne pas avoir décidé de mener mon enquête en uniforme. Peut-être que ma position d'autorité m'aurait permis de délier quelques langues. Parfois, je m'attarde sur les lieux où se sont déroulés les faits notés par le roi, cherchant des indices, mais en vain. Plus le temps passe et plus je tourne en rond.

Manipulant nerveusement une pièce entre mes doigts, je me rends compte que je n'ai pas la moindre idée de l'endroit où aller. La ville est si grande et si complexe.

Chapitre 3

Ishku,
territoire du feu

Soudain, un bruit m'arrache à mes pensées. Une cariole manque de me renverser. Sans mes réflexes de guerrier surentraîné, je serais à cet instant écrasé sous ses roues.

— Hé, l'p-p-p-piéton, faut pas rester comme ça au milieu du ch-ch-ch-chemin! grommelle le conducteur, un vieil homme vêtu de guenilles faisant plutôt peine à voir. C'est d-d-d-dangereux!

Tenant les rênes de son mulet crasseux, il poursuit sa route en haussant les épaules. Je ne prends même pas la peine de répondre et me contente de le regarder s'éloigner. C'est alors qu'une étrange créature fait son apparition à l'arrière du chariot. Elle me tire la langue comme le ferait un garnement qui cherche à se rendre intéressant. Son corps d'enfant, sa tête reptilienne légèrement bouffie et ses petites ailes suggèrent aussitôt son espèce. C'est un saurien, un tout jeune saurien pour être exact.

Sa présence inattendue provoque en moi un déclic.

Les portails sont les seuls passages donnant sur les territoires sauvages : Nipi, Ini, Ashku et Ishku. Leur proximité avec les événements rapportés sur la carte du roi n'est pas une coïncidence. Les plus anciens s'étaient manifestés près des territoires. C'est certainement là-bas que je trouverai l'explication. Mais je ne peux me couper en quatre et, surtout, je dois rester auprès de mon souverain. Il a grand besoin de moi à Utenau. Il me faut envoyer des agents dans ces contrées. Ils doivent être capables de se fondre dans ces paysages si variés. Une créature telle que ce petit saurien serait parfaite pour œuvrer à Ishku.

— Attendez ! crié-je en m'élançant à la poursuite de la carriole.

Après une course effrénée sur les pavés, je finis par rattraper le vieillard qui s'arrête en tirant comme un fou sur ses rênes faites de cordes effilochées.

— Ho, C-c-c-coco ! Ho !

— *Hi han ! Hi han !*

— Ho, j'ai dit Ho ! Crâne d'bourricot, tes o-o-o-oreilles ne sont pas assez l-l-l-longues pour m'entendre ou quoi ?

Aucunement sourde, la bête est surtout plus têtue qu'un gobelin. Elle met une bonne vingtaine de mètres avant de s'arrêter, manquant même de se cogner contre un poteau qu'elle n'a pas vu à cause de ses longs poils qui lui masquent les yeux.

— *Hi han !*

— Qu'est-ce que t-t-t-tu veux, l'p-p-p-piéton ? me demande le vieil homme.

— Votre saurien, je réponds sobrement.

— Eh ben quoi, mon s-s-s-saurien? Qu'est-ce que t-t-t-tu lui veux à mon s-s-s-s-saurien? Il t'a grillé la barbe ou quoi?

— Non, je…

— Ah bon, je p-p-p-préfère. Parce qu'il est un peu enrhumé d-d-d-depuis hier. Vaut mieux ne pas se t-t-t-trouver devant lui quand il éternue.

En d'autres circonstances, cet énergumène m'aurait inévitablement arraché un sourire. Mais ma mission me préoccupe trop pour que je me laisse aller.

— Je voulais seulement vous poser quelques questions à son sujet, dis-je en prenant un air aussi sérieux que possible. Il vient d'Ishku, n'est-ce pas?

— Évidemment qu'il vient d'I-I-Ishk… Et a-a-a-a-attends, toi!

— Quoi?

— Je ne vais pas me l-l-l-laisser faire comme ç-ç-ç-ça, foi d'Pit. Je suis un honnête c-c-c-commerçant, moi. T-t-t-t-tes questions, tu peux les p-p-p-poser gratis. Mais mes r-r-r-réponses, elles se payent.

Du coin de l'œil, j'aperçois le petit saurien qui m'observe maladroitement de derrière le chariot. Je remarque alors qu'il porte un collier métallique relié à une chaîne solidement fixée, probablement pour éviter qu'il s'envole.

Après d'interminables discours, je finis par persuader le vieux Pit de me répondre contre quelques lums.

— Je te p-p-p-présente Zip, déclare le vieux Pit. C'est le p-p-plus gentil saurien d'Ishku.

— Vous l'avez trouvé là-bas, dans le territoire du feu?

— Évidemment, s'offusque le vieillard. Tu c-c-crois que ça s'achète dans n-n-n'importe quel bazar d'Utenau un truc p-p-p-pareil?

Pit est un personnage vulgaire, mais son bégaiement le rend plutôt sympathique. Sa vie est certainement bourrée de péripéties passionnantes. Cependant, je n'ai guère le temps de m'y intéresser. Ce qui m'intrigue, c'est ce petit saurien.

Il appartient à une des deux races dominantes d'Ishku. Les sauriens sont des êtres mi-hommes mi-dragons. Ils sont étrangement mal connus. On les dit détenteurs de fantastiques richesses qu'ils gardent jalousement dans leurs antres inaccessibles. Descendants directs des dragons antiques, ils constituent une espèce à part suscitant à la fois crainte et fascination parmi les narpéens. Guidés par la Lumière, ce sont les ennemis jurés des ignis, des créatures de l'Ombre mi-hommes mi-démons dont l'ignominie n'a d'égale que leur repoussant aspect. En voyant ce petit être, j'ai du mal à l'imaginer en train de planer au cœur d'Ishku, cette contrée au paysage austère et rocailleux parsemé de volcans en éruption et de geysers enflammés. Ces terres sont particulièrement malsaines. Le sol d'Ishku est couvert de fissures cachant une lave brûlante qui ne dort jamais. L'air y est tant chargé de cendres et de fumée que le simple fait de respirer devient une torture, sans compter l'omniprésente et nauséabonde odeur de soufre qui y règne.

Je me souviens très bien de mes séjours dans ces lieux infernaux, lorsque je n'étais encore qu'un jeune Lumenen. Je n'ai pas que de mauvais souvenirs de cet endroit, car j'ai su gagner au fil du temps la confiance des sauriens. Mais l'ambiance de ces lieux est si rude que je n'en garde vraiment aucune nostalgie. Ce n'est pourtant pas le cas de tout le monde. Par exemple, Edgard, un talentueux rôdeur de l'ordre, affectionne particulièrement Ishku. Toujours en quête de défis, il adore s'y entraîner. Il se plaît d'ailleurs à dire que la lave réchauffe ses sens. Cet homme serait tout à fait capable d'enquêter efficacement à Ishku, mais je préfère ne pas attirer l'attention en envoyant des Lumenens de hauts rangs en mission dans les territoires sauvages. Si une force malveillante s'y trouve, il vaut mieux ne pas l'alerter.

Au fil de la conversation, j'en arrive à proposer au vieux Pit de me céder sa créature. Sa réponse est aussi offensante que prévisible :

— J'espère que tu es r-r-riche, l'ami. Mon Zip vaut au moins cent lums. Et encore, j'te fais un prix.

— Vendu ! m'empressé-je de répondre en brandissant ma bourse bien garnie.

Pit est abasourdi. Il ne s'attendait absolument pas à me voir sortir une telle somme, moi, un simple narpéen anonyme. Ses yeux pétillent d'envie devant tout cet or. Il tente bien d'augmenter le prix annoncé un peu trop hâtivement, mais finit quand même par accepter de me céder le petit saurien.

— C'est un b-b-b-bon compagnon, ce petit, me précise-t-il avant de me quitter.

La créature regarde le chariot s'éloigner. Lorsqu'elle se tourne vers moi, je lis dans ses grands yeux une profonde tristesse. Connaissant les sauriens, je suppose qu'elle ne regrette pas son ancien maître qui la tenait en laisse. Je la crois plutôt nostalgique de sa terre natale : Ishku. Cette région est si différente d'Utenau, pas étonnant qu'elle se sente perdue.

La tête de la créature m'arrivant à peine à la taille, je m'agenouille pour me mettre à sa hauteur, bravant le danger que représente son souffle capable, même à cet âge, de me brûler gravement.

— Zip, déclaré-je en lui prenant délicatement les épaules, je peux te rendre ta liberté en échange d'un service.

— C'est vrai, monsieur ?

Pour les avoir fréquentés par le passé, je sais que les sauriens ont un sens inné de la loyauté. Si je lui rends sa liberté, si je lui permets de retourner auprès de ses proches, il s'en souviendra toute sa vie.

Je lui retire son collier et le jette sur le sol.

— Te voilà libre, petit Zip.

— Oh merci, merci, monsieur ! s'exclame-t-il en voletant.

Son bonheur fait plaisir à voir. Je lui révèle alors ma véritable identité et mon appartenance à l'ordre des Lumenens. Tout excité d'avoir recouvré sa liberté et sans doute par reconnaissance, il se montre immédiatement très coopératif. Lorsque j'en viens à le questionner sur les éventuels liens entre les événements survenus à Utenau et ce qui se passe à Ishku, sa réponse ne tarde pas :

— Les ignis s'agitent beaucoup, monsieur. Ils nous compliquent la vie depuis quelques lunes.

— Que veux-tu dire, Zip ?

— Ils nous obligent à nous bagarrer. C'est embêtant parce que moi, je préfère jouer.

— Mais sais-tu ce que veulent les ignis ?

— Oh oui, bien sûr. Ils cherchent la bagarre.

— Ça, je l'ai compris, Zip, mais de quoi s'agit-il exactement ?

— Attends, je vais te montrer.

La petite créature s'élève alors dans les airs et se met à cracher du feu sur le premier passant qui se présente. C'est un colosse tatoué à la mine inquiétante qui, une fois la surprise passée, s'agite violemment. Pris de panique, Zip vole à tire-d'aile vers moi et se cache derrière mon dos.

— C'est à vous ce lance-flamme ailé ? hurle l'individu en tapant sur son chapeau pour éteindre les flammes qui le consument.

— Attendez, je vais v...

Paf !

Avant la fin de ma phrase, il me donne un coup de poing. Étourdi, je recule de quelques pas afin de retrouver mon équilibre. Je ne pouvais pas plus mal tomber : cet énergumène a la force d'un troll. Ses coups pleuvent comme une féroce tempête et il me faut user de tous mes talents d'esquive pour ne pas me faire assommer.

Pourtant, je ne m'affole pas. Même avec vingt centimètres et trente kilos de moins, en tant que guerrier lumenen, je pourrais lui lancer un coup direct dans une partie vitale qui l'enverrait au tapis en un instant. Mais comme je ne tiens pas à lui faire mal, je décide d'utiliser sa propre force contre lui. À plusieurs reprises, je profite de son élan pour lui prendre le bras et le faire chuter lourdement sur les pavés. Il tombe, se relève et repart à l'assaut, une fois, deux fois, dix fois. Cet homme est aussi têtu que le mulet du vieux Pit. Autour de nous, la foule a formé un cercle et profite du spectacle. Au fur et à mesure, les rires se font de plus en plus éclatants lorsque le lourdaud s'étale. Épuisé, il comprend qu'il a trouvé plus fort que lui et finit par tourner les talons en poussant des jurons menaçants.

Une fois cette bête partie, je me tourne vers Zip et souris pour bien lui montrer que je ne lui en tiens pas rigueur.

— À l'avenir, Zip, explique-moi les choses, plutôt que de me les montrer. D'accord?

— D'accord, monsieur.

Malgré sa gaffe, je prends très vite ce petit saurien en affection. Intérieurement, je remercie la Lumière de l'avoir placé sur ma route. Il semble prêt à me rendre service et je compte bien en profiter.

Je finis par lui annoncer qu'en contrepartie de sa liberté, il travaillera pour l'ordre des Lumenens.

— Tu seras nos yeux et nos oreilles à Ishku, Zip. Ça te convient?

— Et comment! jubile-t-il en battant des ailes. Je vais être le premier saurien-Lumenen! C'est génial!

Devant son enthousiasme, j'oublie un instant ma douleur à la mâchoire et ris aux éclats. Je ne crois pas me tromper, Zip fera un merveilleux compagnon.

Sous le regard intrigué des narpéens qui n'ont guère l'habitude de croiser des sauriens, nous cheminons jusqu'à la porte du feu en échangeant amicalement quelques anecdotes et confidences qui nous permettent d'un peu mieux nous connaître. Puis vient le moment du départ. Juste avant de nous séparer, il semble tout à fait à l'aise en ma présence et se permet même de me demander une faveur :

— Comme je suis un saurien-Lumenen, maintenant, je peux avoir un insigne en or ? J'adore l'or.

— Le insigne d'or ne s'offre pas, Zip, il se gagne.
Remplis bien ta mission et, un jour, il sera à toi.

— Super ! Au revoir, monsieur.

— À bientôt, Zip.

Chapitre 4

Nipi, territoire de l'eau

Après cette heureuse rencontre, je poursuis mon interminable marche dans la cité, en quête d'indices. Pour réussir cette mission, je dois orienter mes recherches au-delà des murailles d'Utenau, au cœur des territoires sauvages, j'en suis persuadé maintenant. Mais je ne peux pas quitter Utenau, car il s'y passe trop d'événements anormaux et imprévisibles. Je me mets donc en quête de recrues qui seraient tout aussi discrètes et efficaces que le petit Zip.

C'est en empruntant la rue des Eaux vives que me vient l'idée de me rendre à Aquarios. Il s'agit d'un établissement où l'on parie sur toutes sortes de jeux d'eau aussi étranges les uns que les autres. À son ouverture, peu de gens croyaient à sa réussite. Mais le créateur de ce lieu hors du commun a eu le nez fin, c'était un visionnaire. Aujourd'hui, il est devenu un des notables les plus riches de la ville. D'après les informations recueillies par le roi, une disparition y aurait eu lieu la semaine dernière.

Après m'être acquitté du droit d'entrée, un lum qui m'aurait paru dérisoire si je n'avais pas donné quasiment tout le contenu de ma bourse au vieux Pit, j'entre dans la place. Comme d'habitude, Aquarios est plein à craquer. Nombreux sont les narpéens qui s'y pressent pour tenter leur chance, espérant trouver la fortune en un instant. Pour ma part, je ne suis pas du tout friand de ce genre de divertissement. Pour tout dire, c'est même la première fois que je m'y rends. Peut-être est-ce donc ma curiosité qui m'a conduit ici et non mon enquête.

Un peu dérouté par l'agitation et la bousculade qui y règnent, je me faufile du mieux possible dans la foule, cherchant à entrevoir et à comprendre ce qui excite tant les narpéens. L'établissement est un immense et lumineux hall au plafond de verre. En son centre, un grand bar circulaire accueille les narpéens que les jeux ont assoiffés. Autour, d'innombrables petites cascades changeant de couleurs au rythme de la musique coulent le long des murs, probablement alimentées par de puissantes pompes mécanisées. Tout près, on y retrouve des espaces remplis de monde où se trouvent des stands de jeux.

Je m'approche des alcôves. Dans la première, les joueurs font une étonnante course de brindilles. Ils les lâchent en haut d'un torrent miniature particulièrement agité et croisent les doigts pour que leur couleur arrive en tête et rafle la mise. Un véritable jeu d'enfant pour grandes personnes.

Dans la suivante, je découvre une étrange machine. Avec ses hauts tubes de verre, elle ressemble au grand orgue du temple de Lumia. Mais la seule musique qui en sort est le bruit des bulles d'air que font les joueurs en soufflant comme des forcenés dans de petits orifices métalliques situés au bas des tubes. Et ils y mettent du cœur, c'est le moins qu'on puisse dire. J'esquisse même un large sourire lorsque je vois un mutant à la peau bleue et à bout de souffle virer au mauve sous le coup de l'effort. Le but de l'exercice est de garder une boule de mousse emprisonnée dans le tube le plus longtemps possible entre deux repères. Comme quoi, à Utenau, il est aussi possible de remplir sa bourse en vidant ses poumons.

Un peu plus loin, je tombe sur une loterie dont le prix est particulièrement surprenant. C'est une sorte de reptile aquatique bleuté plutôt chétif aux yeux exagérément gros et aux pattes démesurément longues. Le voir tourner en rond dans sa cage avec son air triste me fait beaucoup de peine. Mais ce qui me fait m'intéresser à cette bestiole, c'est le discours prononcé par celui qui vend les billets. Cet homme, je le connais bien. Il s'appelle Lasékar et il a déjà eu affaire à la justice royale pour des escroqueries en tous genres. Je l'ai moi-même conduit à plusieurs reprises dans les prisons du château et il ne peut pas avoir oublié mon visage. Il a apparemment été libéré, mais, à le voir en ce moment, je suis sûr que cela ne lui a pas servi de leçon. C'est tout à fait le genre de bonhomme irrécupérable qui incarne la part d'Ombre régnant à Utenau. Pour l'instant, je reste dissimulé au milieu de la foule pour ne pas qu'il me remarque.

— Amis narpéens, cette créature est fascinante, déclare Lasékar. Outre son apparence originale, elle est douée de la parole. C'est un être très rare qui nous vient tout droit de Nipi, le territoire de l'eau. Tout le monde en veut une chez soi, mais ce n'est pas possible. Il n'y en a qu'une et une seule dans tout Utenau, je peux vous l'assurer. Alors n'hésitez plus, un simple lum et je vous donne le billet gagnant !

Aussi amusé que désabusé par ses paroles, je prends surtout le temps de réfléchir à une stratégie. Il me faut sortir cet étrange lézard des griffes de cet escroc et éviter à tout prix qu'il ne finisse comme simple animal de compagnie chez des gens blasés en manque de divertissement. Son appartenance au territoire sauvage de l'eau est une véritable aubaine pour moi et il ferait un parfait agent. Il est bien entendu hors de question de participer à ce tirage, car je sais très bien que mes chances de l'emporter sont nulles. Par contre, je compte bien profiter des méfaits passés de ce vendeur de billets perdants.

Je m'approche discrètement de lui, me rappelle à ses bons souvenirs au creux de son oreille et menace de le renvoyer en prison en lui annonçant avoir compris son arnaque. J'ai bien visé. Il est surpris et très mal à l'aise. Lorsque je lui annonce vouloir récupérer le lézard, il me tend un billet sorti de sa poche et passe comme si de rien n'était à ses autres clients. Mon billet porte le numéro 666. Je le serre dans ma main et attends la fin de la vente.

Peu après, derrière la cage où se morfond le lézard, un rideau s'ouvre sur une grande boule de verre remplie de billes numérotées. Montée sur un axe métallique, elle se met à tourner aux mains de deux hommes accoutrés comme des bouffons. Les billes s'entrechoquent bruyamment et le public retient son souffle.

Lorsqu'elle s'arrête, une femme faisant plus penser à une fausse diseuse de bonne aventure qu'à une honnête et innocente dame y plonge la main et en extrait une bille qu'elle confie à Lasékar.

— Et le numéro gagnant est… le 666 ! s'exclame-t-il.

Comme quoi, le hasard n'est pas toujours là où on le croit. En tout cas, j'applaudis intérieurement le tour de passe-passe que vient de réaliser cette bande d'escrocs. Jouant le jeu de ce bandit, je brandis le billet gagnant en criant victoire. Partagés entre déception et jalousie, tous les narpéens qui m'entourent jettent leurs billets au sol et s'éclipsent en grommelant. Si je n'étais pas intervenu auprès de Lasékar, il est évident que personne n'aurait gagné. Je ne leur enlève donc pas malhonnêtement quelque chose.

Peu après, je ressors d'Aquarios le sourire aux lèvres et avec le regard coléreux de Lasékar dans le dos. Tenant l'étrange animal en laisse, je me dirige vers une ruelle calme afin de converser avec lui.

— Comment t'appelles-tu ? Dis, comment tu t'appelles ? me demande-t-il avec insistance tout en observant nerveusement les environs.

— Du calme. Je m'appelle Firo et je ne te veux aucun mal.

— Eh bien, ça c'est une bonne nouvelle. Parce que figure-toi que depuis qu'on m'a capturé, je ne suis sorti de ma cage que pour aller dans une autre. Ça fait plus d'un an que ça dure, tu t'imagines ? Ce n'est pas une vie pour moi. Je suis un grand reptile sauvage, pas un petit iguane docile. J'ai besoin d'espace et de liberté. C'est trop cruel ce qu'on m'a fait subir ces derniers temps. Tu faisais quoi, toi, ces derniers temps ?

Cette créature a la langue bien pendue et fourchue. Elle parle comme si on l'en avait empêché pendant des années. Face à ce flot de mots, j'opte pour un ton concis :

— Et toi, comment t'appelles-tu ?

— Mon nom est Tar. Oui, je sais, ce n'est pas un nom très courant chez toi, mais je ne l'ai pas choisi. Et puis de toute façon, je ne suis pas d'ici, je viens de Nipi, le territoire de l'eau. Tu connais ? Oh, tu dois sûrement connaître, tout le monde connaît Nipi. C'est une si belle contrée. Ses plages d'or, sa végétation luxuriante, ses cours d'eau vivifiants et sa mer si bleue et immense. Et ses habitants ne sont pas tous comme moi, tu sais. Il y a les ichtys, des hommes-poissons plutôt sympathiques. Ce sont les descendants de marins disparus en mer qui ont été accueillis par des sirènes. Tu vois le genre. Et puis il y a les képhals, de méchantes créatures mi-hommes mi-mollusques qui s'agitent d'ailleurs beaucoup ces derniers temps. Ils…

— Tar.

— Oui, qu'est-ce qu'il y a ? Tu as envie d'en savoir plus, n'est-ce pas ? Ne t'inquiète pas, je vais…

— Tar, s'il te plaît.

— Quoi ? Tu trouves que je parle trop, c'est ça ? C'est vrai que je suis un peu bavard, mais tu sais, ce n'est rien comparé à mes cousins. Ils sont…

— Tar, tais-toi !

À force de patience et d'obstination, je parviens à lui révéler mon statut de Lumenen et la raison de sa présence à mes côtés. Évidemment, sa réaction est à la mesure de son excitation :

— Je serai le meilleur allié des Lumenens à Nipi, tu peux me faire confiance. Je serai bon, tu verras. Je peux

tout voir, tout entendre, tout dire. Je sais me faire aussi petit qu'une crevette et aussi silencieux qu'un crabe. Le territoire de l'eau n'a aucun secret pour moi. Je sais tout sur tout, et encore, je ne te dis pas tout. Tu ne le regretteras pas, tu verras. Tu…

— Tar, je suis convaincu que tu seras loyal et très utile aux Lumenens. Maintenant, je pense que tu brûles d'envie de retrouver ta liberté.

— Et comment! Tu…

— Je vais te conduire jusqu'au portail de l'eau, l'ami. De là, tu retrouveras ton pays. Et tu sais quoi? Nous allons nous y rendre en silence. Tu sais faire ça?

— Eh! Un petit ou un grand silence?

Chapitre 5

Ashku, territoire de l'air

À défaut d'avoir des explications précises sur la raison des événements tragiques survenus récemment dans la cité, je suis néanmoins satisfait de l'avancée de ma mission. Ayant la certitude que de nombreuses réponses se trouvent cachées dans les territoires sauvages, je crois qu'avoir placé des agents dans deux d'entre eux s'avérera tôt ou tard payant. C'est un peu comme « Ékal », un jeu passionnant auquel je joue fréquemment avec mes collègues Lumenens, qui consiste à placer stratégiquement des pièces sur les territoires sauvages.

Alors que je regarde Tar s'éloigner en courant, encore secoué par le torrent de ses paroles, je soupire un grand coup et me mets à réfléchir sur la suite à donner à ma mission.

La journée est déjà bien avancée et il ne faut pas perdre de temps. Quoi qu'il advienne, j'irai faire un rapport au roi dès ce soir. Vu l'état dans lequel il était lorsque je l'ai quitté, il sera certainement anxieux. Mes pensées vagabondent d'une idée à une autre. Je cherche sans relâche une solution pour placer des agents dans les deux derniers territoires sauvages qui entourent Utenau : Ashku et Ini.

Tout à coup, je songe à mon vieil ami Léonard. C'est un vieillard qui habite dans la tour la plus haute de la ville, après celle de Lumia, évidemment. C'est aussi la plus tordue et beaucoup de narpéens s'étonnent lorsque, chaque matin en ouvrant leurs volets, ils la trouvent encore debout. Cet édifice est à lui seul capable de remettre en cause plusieurs des lois fondamentales de la physique.

Nombreux sont ceux qui croient Léonard sénile, mais je sais qu'il n'en est rien. Il est juste un peu extravagant et, si on le connaît bien, on ne peut que s'émerveiller devant son ingéniosité. Les gens pensent qu'il a toujours la tête dans les nuages, mais ils se trompent. Il donne simplement cette impression, car il est toujours occupé à songer à une nouvelle invention. Je suis convaincu qu'il connaît très bien Ashku, le territoire sauvage de l'air. Lorsqu'il était jeune, il y a vécu plusieurs années. Ça lui a ouvert l'esprit, comme il dit.

Cela fait longtemps que je ne lui ai pas rendu visite. Lorsque je frappe à la porte de sa tour, mon regard ne peut s'empêcher de se tourner vers le sommet, de peur qu'il ne me tombe dessus.

— Léonard, es-tu là ? crié-je pour être sûr qu'il m'entende. C'est moi, Firo.

J'entends ses pas lents et saccadés descendre l'escalier. Peu après, il m'ouvre la porte et ses bras en signe de bienvenue. Son visage est aussi noir que le charbon et ses cheveux, aussi ébouriffés que les poils d'une marmotte sortant d'hibernation.

— Firo, mon ami, comment vas-tu? s'exclame-t-il.

— Bien mieux que le royaume, Léonard. Je peux?

En voyant l'expression grave sur mon visage, il s'empresse de me laisser entrer et referme la porte derrière moi. À l'intérieur règne un étonnant amas d'objets aussi surprenants que mystérieux. Il est difficile de savoir au premier coup d'œil à quoi ils servent. Certains sont de complexes mécanismes, d'autres ont l'air magiques et, parfois, on se demande s'il n'y en a pas qui combinent les deux. C'est son univers.

— Tu m'as interrompu en pleine expérience de chimie, Firo. À cause de toi, ma mixture m'a explosé à la figure. Mais je ne t'en veux pas, ta visite me réjouit. Que se passe-t-il?

— Je suis en mission pour le roi. Il me faut trouver quelqu'un qui puisse me dire ce qui se passe à Ashku.

— Toujours aussi concis, mon ami.

— Léonard, je…

— Ne te justifie pas. Je sais très bien que ta position t'oblige à garder de nombreux secrets. Je sais ce que c'est. Pour la plupart des gens, mes inventions renferment beaucoup de secrets. La seule différence est que, contrairement à toi, je voudrais bien les révéler. Malheureusement, personne n'y comprendrait rien.

— Léonard, je n'ai guère le temps de…

— Boo.

— Quoi, Boo? Tu as perdu la tête ou quoi? Je ne suis pas d'humeur à plaisanter.

— Boo, je te dis. Mon oiseau de compagnie, tu vois de qui je parle ?

— Euh… Oui, ce curieux volatile multicolore aux yeux trop grands ?

— Oui.

— Eh bien, quel est le rapport avec ma mission ?

— Boo peut t'aider. Il adore se rendre à Ashku. C'est là qu'il est né et qu'il retourne chaque fois que nous sommes fâchés.

— Et ça arrive souvent ?

— Presque tous les jours. Il est plus susceptible qu'un gobelin et ne supporte pas que je conteste ses théories.

— Ses théories ?

— Je comprends ta surprise. Depuis que je lui ai fait avaler une potion expérimentale contre la conjonctivite, il a le don de la parole. Étonnant non ?

— En effet. Tu crois vraiment qu'il pourrait m'aider ?

— Bien sûr, si c'est habilement demandé.

— Que veux-tu dire ?

— Ça, c'est mon secret, Firo. Va le chercher et je m'occupe de le convaincre. Ça te va ?

— Ça me convient très bien. Où est-il, ton oiseau ?

— Au sommet de la tour, je crois. Il cherche à mettre en équation la chute d'une pomme.

— Et comment je vais y monter, moi, en haut de ta tour branlante ?

— C'est vrai que les derniers étages sont trop instables ; je n'y vais plus depuis des lustres. Le mieux est que tu utilises ma léonardière ascensionnelle.

— Ta quoi ?

— Ma léonardière ascensionnelle, le gros engin qui est dans l'arrière-cour. Viens, je vais t'y conduire.

Arrivé dans l'arrière-cour, je découvre un étonnant spectacle. Devant moi, une sorte d'énorme boule de tissu bariolée lévite au-dessus d'un panier assez grand pour contenir un homme. Entre les deux, un brûleur à charbon solidement attaché par d'innombrables cordages émet une étrange fumée blanche bardée d'étincelles argentées.

— Je te présente la léonardière ascensionnelle ! s'exclame fièrement mon ami.

— Tu veux que j'aille au sommet de la tour avec ça ?

— Oui, elle fonctionne très bien. J'ai eu pas mal d'ennuis avec, mais, depuis que je l'ai améliorée, elle est très fiable. Maintenant, elle fonctionne au charbon de bouleau féérique. C'est bien plus efficace. Elle ne tombe qu'une fois sur deux.

— Et c'est censé me rassurer ?

— Ne t'inquiète pas. Elle est tombée lors de mon dernier vol. Statistiquement, tu ne risques donc rien.

Que répondre à ça ? Léonard est égal à lui-même. Je me laisse finalement convaincre, peut-être plus par amitié que par son argumentation. Après avoir attentivement écouté ses consignes, je prends place à bord.

Peu après, me voilà embarqué dans cette machine de fou. Dès qu'elle s'élève dans les airs, un brutal haut-le-cœur me fait immédiatement regretter ma décision. Mais il est trop tard. N'ayant aucune envie de faire mentir les savants calculs de probabilités de Léonard, j'alimente la chaudière en suivant scrupuleusement ses indications. Je monte, monte et monte encore, jusqu'au sommet de la tour. Arrivé au niveau de la terrasse, j'amarre l'engin à un créneau paraissant un peu plus solide que les autres. La vue imprenable sur les toits d'Utenau me rappelle le jour où j'ai accédé au sommet de Lumia pour y rencontrer la Lumière. Soudain, je tombe nez à nez avec Boo.

— Ahhh! hurle-t-il en m'apercevant. Ma pomme! Tu m'as fait perdre ma pomme, espèce de maladroit. C'était un objet scientifique très important et maintenant il est écrasé par terre. Quand on ne sait pas voler, on reste au sol, triple andouille!

Partagé entre la confusion de la scène et la peur qui me saisit, le regardant droit dans ses énormes yeux ronds, je tente de l'aborder avec calme.

— Bonjour, Boo. Je suis un ami de Léonard. Il veut te parler.

— Ah, je savais bien qu'il ne s'en sortirait pas sans moi. Je suis certain que sa fichue mixture lui a sauté à la figure.

— Euh… Oui.

— Et voilà. Que c'est agaçant d'avoir toujours raison. Bon, je descends.

Lorsque l'oiseau s'envole et plonge vers la terre ferme, un irrésistible sentiment de jalousie me taraude.

— Et moi, comment je fais pour descendre? hurlé-je, quelque peu paniqué.

Boo fait demi-tour et remonte à ma hauteur.

— Pour redescendre, tu n'as que deux choses à faire. La première, c'est d'arrêter de mettre du charbon dans la chaudière. On dirait un pingouin qui a peur d'avoir froid, c'est pathétique.

— Et la seconde? demandé-je en criant, toujours paniqué.

— La seconde est d'arrêter de hurler ; je ne suis pas sourd !

Et il repart en gloussant, satisfait de sa plaisanterie. Très mal à l'aise dans cette nacelle suspendue dans les airs, je parviens néanmoins à reprendre mon calme. Lorsque je regagne le sol, je dois affronter une autre épreuve : me retenir de le plumer de la tête aux pattes. Heureusement, je retrouve rapidement mon sang-froid. Léonard s'adresse alors à son compagnon, qui ricane à la vue de son visage noirci et de sa coiffure ébouriffée. Ces deux-là font vraiment une drôle de paire.

— Boo, mon ami m'affirme qu'Ashku est une contrée déserte où il ne se passe jamais rien, entame Léonard. Qu'en penses-tu ?

— Quoi ? Mais il est un peu déplumé du ciboulot, ton copain ! réagit-il en se tournant vers moi. Ashku est un merveilleux territoire composé de montagnes si hautes qu'elles percent les nuages. D'innombrables créatures s'y croisent. On peut y voir des pégases, ces chevaux ailés qui en font rêver plus d'un. Il y a aussi les ornis, ces êtres mi-hommes mi-oiseaux avec qui j'entretiens d'excellentes relations. Et puis il y a encore les chirops, ces ignobles humanoïdes ressemblant à des chauves-souris. C'est à la fois un extraordinaire espace de paix, de guerre et de liberté. On ne s'ennuie pas à Ashku, je peux te l'assurer.

Il marque alors un court instant de silence et s'adresse à moi en me regardant droit dans les yeux :

— Ashku est le centre du monde. C'est là que s'est passée la plus importante des choses. Sais-tu pourquoi ?

— Parce que tu y es né et que, quand tu as ouvert les yeux pour la première fois, tu as vu le monde tout autour de toi, répond aussitôt Léonard en riant.

— La ferme, toi ! vocifère le volatile. Tu la connais, ce n'est pas du jeu.

— Ne t'énerve pas, Boo. Mon ami n'est pas habitué à tes énigmes. Revenons plutôt à ce qu'il a dit, rectifie Léonard.

— Une sottise aussi grosse que lui, lance Boo.

— D'accord, mais il est très difficile à convaincre. Que serais-tu prêt à faire pour le lui prouver ?

— Ce que tu veux, je sais tout faire, ajoute fièrement Boo.

— Je n'en attendais pas moins de ta part, Boo. Que penses-tu d'aller séjourner en Ashku pour lui ramener des preuves de l'intense activité qui y règne ?

— C'est une très bonne idée. D'ailleurs, ça m'étonne venant de toi. Ça me permettra de sortir un peu de ta tour tordue remplie d'inventions ratées.

Grâce à l'habile intervention de Léonard, Boo se retrouve en un instant et bien involontairement agent des Lumenens en Ashku. Il n'a pas un caractère facile, mais maintenant que je le connais un peu mieux, j'ai la conviction qu'il sera un très précieux informateur.

— Tu veux que je t'accompagne jusqu'au portail de l'air, Boo ? demandé-je, souhaitant enterrer la hache de guerre.

— Non, merci, je connais le chemin.

Et il s'envole en direction du territoire de l'air en lançant un au revoir à sa façon :

— À un de ces jours, piétons ignorants. Je m'envole vers les sommets de la connaissance ! Je vous en rapporterai un peu…

Chapitre 6

Ini,
territoire de la terre

Après le départ de Boo, je laisse Léonard à ses potions. Je regarde Lumia en me demandant si ma stratégie consistant à placer des agents dans les territoires sauvages est la bonne. Il faut se rendre à l'évidence, pour l'heure, je n'ai trouvé aucune explication à ce qui se passe à Utenau et cela m'inquiète au plus haut point, car j'ai le sentiment que ma mission n'avance pas d'un pouce.

Alors que je réfléchis tout en cheminant au hasard dans les rues, j'ai soudainement l'impression d'être suivi. Je me retourne plusieurs fois, mais n'aperçois personne de louche. Il n'y a autour de moi que des narpéens banals vaquant à leurs occupations sans se soucier de ma présence. Tourmenté par cette désagréable sensation, je décide d'en avoir le cœur net. Je pénètre dans un quartier peu fréquenté et emprunte une ruelle sombre et très étroite. Comme elle est totalement déserte, je me dis que si quelqu'un me file le train, il sera obligé de se découvrir.

Ma ruse ne tarde pas à porter ses fruits. Presque arrivé au bout du passage, je fais volte-face et aperçois un étrange petit animal. Il a l'air d'un rongeur au pelage crème et au cou démesurément long. J'ai déjà vu une telle créature il y a longtemps, lorsque j'étais encore enfant, au zoo. Je m'en souviens, car elle avait la faculté de parler et ça m'avait beaucoup amusé.

Lorsque le petit animal comprend qu'il est repéré, il fait mine de s'enfuir, mais marque un instant d'hésitation.

— Ne pars pas ! lui crié-je. Je ne te ferai pas de mal.

Il se dresse sur ses pattes de derrière et m'observe longuement. Je le sens effarouché, mais également curieux. Je décide donc de m'approcher de lui en marchant lentement. Laissant un bon mètre entre lui et moi, je tente d'entamer la conversation.

— Pourquoi me suis-tu ? l'interrogé-je gentiment.

— Je me demande ce que tu fais, répond-il timidement.

— Ce que je fais ? Je marche dans les rues, tout simplement.

Il plisse ses petits yeux pour bien montrer qu'il ne faut pas le prendre pour un idiot et renchérit :

— Tu me prends pour un blaireau ou quoi ? Je t'ai vu ce matin quitter le quartier général des Lumenens avec ton armure. Tu es entré au château et tu en es ressorti par une porte dérobée habillé en civil. Ensuite, tu t'es débrouillé pour acheter un petit saurien à un vieux marchand complètement fou. Puis, tu es allé à Aquarios pour y gagner une drôle de créature aux allures de têtard écartelé. Enfin, tu as rendu visite à un autre vieux fou, pas pour voler dans son énorme ballon qui fume, mais pour demander quelque chose à son étrange oiseau bariolé. Non, définitivement non, tu ne fais pas que marcher dans les rues, Firo.

Les mots de cet animal m'étonnent autant qu'ils m'effrayent. Il connaît mon nom et, à l'entendre, il m'espionne depuis ce matin et je ne me suis aperçu de rien jusqu'à maintenant. Durant un bref instant, je me mets à douter de mes compétences de Lumenen et de ma capacité à former et à commander les miens.

— Tu me connais ? demandé-je d'un air surpris.

— Bien sûr, tu es Firo, le commandant des Lumenens. Tu es l'homme de confiance du roi et là, tu es en mission secrète pour lui, car il a perdu sa fille.

Je suis abasourdi par les informations qu'il détient. De toute évidence, il ne s'est pas contenté de me suivre dans les rues de la ville. Il a également pénétré dans le château et était présent dans le bureau du roi. Je brûle de le questionner sur la teneur de ses indiscrétions, mais en même temps, je me sens un peu honteux. Comment ai-je pu me laisser épier ainsi ? Ce petit animal en sait autant que moi. Pourvu qu'il ne soit pas allé raconter tout ça à quelqu'un d'autre.

Trêve de surprise, il faut que je reprenne la situation en main. Je le questionne aussitôt pour en savoir un peu plus à son sujet :

— Comment t'appelles-tu ?

— Je me nomme Naf.

— Enchanté de te connaître, Naf. As-tu un maître ?

— Un maître ? Tu me prends pour un toutou ou quoi ? Je suis libre et Utenau est ma maison.

— Tu viens d'Ini, le territoire de la terre, n'est-ce pas ?

— Oui, mais je n'y suis pas retourné depuis des lustres. Il se passe tellement de choses intéressantes à Utenau que…

— Que tu t'y plais beaucoup. Dis-moi, tu es un vrai fouineur.

— Oui, on peut même dire que je suis le champion des fouineurs. Mais je n'aime pas trop ce mot.

— Tu préfères que je dise chercheur ?

— Non, je préfère que tu dises trouveur.

Je tombe immédiatement sous le charme de cette petite boule de poils à la curiosité sans limites et me dis qu'il serait tout à fait capable de découvrir ce qui se trame à Ini.

— J'ai une proposition à te faire, Naf.

— Je sais, tu veux me proposer d'aller à Ini pour y recueillir des informations sur ce qui s'y passe.

— Mais comment ?

— Rassure-toi, je ne suis pas magicien comme ton amie Jéwéa. Je t'ai juste entendu parler avec Zip, Tar et Boo.

Naf en sait long à mon sujet. Il connaît ma mission, ma vie. Moi qui croyais être un homme discret, quelle gifle ! C'en devient vraiment vexant. Mais puisqu'il sait déjà tout et que ça n'a pas l'air de le décourager, je lui propose aussitôt de conclure un pacte :

— Travaille pour moi à Ini, Naf. Tu me serais très précieux, à moi et au royaume. Ton talent de fouin… pardon, de trouveur, est hors du commun. Vraiment, je suis impressionné.

Naf se met à réfléchir, comme s'il hésitait à accepter mon offre. En réalité, je sais très bien qu'il brûle d'envie de lever le voile sur les mystères qui me tourmentent en ce moment et je n'ai aucun doute sur son volontariat. Après un moment passé à faire semblant de délibérer, il lâche enfin le morceau :

— D'accord, seigneur Firo ! Je peux t'appeler comme ça, hein ? Je suis presque un Lumenen maintenant.

— Si tu veux, gardien Naf.

À ces mots, je vois un large sourire se dessiner sous son museau. La marque de respect que je viens de lui porter en le qualifiant de gardien semble beaucoup lui plaire. En un instant, je viens de me faire un fidèle compagnon, un de plus.

À Ini, Naf sera dans son élément naturel. Je l'imagine très bien gambader dans ses profondes forêts, courir sur ses vertes collines et pénétrer dans ses grottes sombres. Le territoire de la terre est vaste et recèle de nombreux dangers. Mais je n'ai aucune crainte, il sera très efficace, cela ne fait aucun doute. Toutefois, ne voulant pas lui faire prendre des risques dont il n'a pas conscience, je le questionne sur sa connaissance des créatures peuplant cette contrée :

— Connais-tu les falws et les canys ?

— Oui, bien sûr. Les falws sont des créatures mi-hommes mi-fauves. Ils vivent souvent en petits groupes, certains sédentaires et d'autres nomades. On peut les trouver sur tous types de terres, qu'elles soient chaudes, froides, arborées ou désertiques. Ils ne sont pas mauvais, mais je ne les fréquente pas, car ils se régalent des petits animaux comme moi.

— Et les canys ?

— Oh, ceux-là, mieux vaut les éviter comme la peste, et pas uniquement parce qu'ils dévorent tout ce qui a un cœur qui bat. Ils sont cruels, sanguinaires, maléfiques. Leur apparence d'humanoïdes à têtes de loups est le résultat d'une sorcellerie très ancienne, inavouable. Ce sont des prédateurs redoutables qui aiment chasser en meute pour ne laisser aucune chance à leurs victimes.

Naf semble vraiment bien renseigné. J'ai l'impression qu'à l'avenir, il risque de me faire la leçon très souvent. Ce n'est pas que cette idée me déplaise, mais ce n'est pas vraiment le genre de relation que j'ai l'habitude d'avoir avec mes subordonnés. Enfin, du moment que cela sert les intérêts du royaume, je suis prêt à me plier à cette contrainte.

— Et tous ces dangers ne te font pas peur, Naf ?

— Peur, moi ? Tu me prends pour un mulot ? Je sais très bien passer inaperçu. Et puis, si jamais on me piège un jour, je saurai me défendre.

— Te défendre ? Contre un cany ?

— Un cany ou une autre créature, ça m'importe peu. J'ai suivi tous les cours de combat que tu donnes aux Lumenens. Je suis aussi compétent qu'eux. Enfin, en théorie, car je n'ai pratiqué que contre des rats et des cafards maladroits.

En voilà une autre. Le quartier général des Lumenens a des étudiants clandestins dans ses murs. Je crois rêver. Ce Naf est un prodige !

Nous poursuivons notre conversation encore un bon moment. Ses révélations ne cessent de me surprendre et mettent à rude épreuve mon ego. Néanmoins, j'apprécie ces instants passés auprès de lui. À sa façon, il m'ouvre les yeux et me donne de l'espoir. Les doutes que j'avais encore tout à l'heure s'estompent peu à peu.

— Allez, viens, je t'accompagne jusqu'au portail de la terre, lui proposé-je en souriant.

— Avec plaisir, seigneur Firo.

Il grimpe sur mon épaule et je prends sans tarder le chemin des murailles. Je sens ses longues moustaches me chatouiller l'oreille. Cette éponge à savoir a encore des tonnes de questions à me poser !

— Dis-moi, seigneur Firo, pourquoi tu dors avec tes chaussettes ?

Chapitre 7

La menace aux mille visages

Rouge comme le sang, le soleil s'approche lentement de la ligne d'horizon, laissant la place à une nuit que je pressens blanche. Je ne sais pas si c'est un mauvais présage, mais après maintes réflexions, les conclusions auxquelles j'ai abouti ne sont pas rassurantes.

Des faits inhabituels et dramatiques se sont récemment produits à Utenau, et leur lien avec les territoires sauvages ne fait plus aucun doute. Je pense avoir agi sagement en envoyant des agents dans ces contrées. Zip, Tar, Boo et Naf sont de bons compagnons, des créatures qui parviendront à se fondre sans problème dans les éléments et qui me renseigneront parfaitement sur ce qui s'y passe. Mais cela ne répond pas à toutes les questions qui me hantent. Je n'ai pas la moindre idée de ce qui est arrivé à Maéva, la fille du roi. Je ne sais pas du tout si quelqu'un ou quelque chose est derrière tout ça. Cette ignorance me fait souffrir, elle me torture l'esprit.

Arrivant près du château, je traverse l'ombre de Lumia qui s'étend maintenant bien au-delà de l'enceinte de la ville. Elle est si sombre, si profonde…

Mais oui, c'est évident! La peur au ventre, je viens soudainement de comprendre. C'est terrifiant.

À mon arrivée dans le bureau du roi, je le trouve en train de converser avec son épouse, la reine Aude. Elle est en pleurs et se blottit contre l'épaule de son conjoint.

— Maéva…, sanglote-t-elle.

Prêt à faire face à mes responsabilités, je m'approche d'eux, le visage tendu.

— Sire, me voilà de retour avec de bien tristes nouvelles.

Le couple se retourne vers moi. Serrés l'un contre l'autre, ils me dévisagent. Les yeux larmoyants de la reine contrastent avec le regard posé de son époux. Mais je sens bien que le chagrin les accable tous les deux.

— Ma fille, murmure le roi, est-elle…

— Non, sire, je n'ai aucune nouvelle d'elle et, pour l'instant, c'est peut-être une bonne chose.

— Que veux-tu dire, Firo?

— Si le pire était arrivé, nous l'aurions probablement su. Je suis convaincu qu'elle est toujours en vie et je vous promets que je la ramènerai saine et sauve.

Le roi paraît décontenancé.

— Alors qu'entends-tu par « tristes nouvelles » ?

— J'ai compris ce qui se passe à Utenau. J'ai identifié le responsable de tous ces méfaits.

— Qui est-ce ? Je vais le faire arrêter sur-le-champ.

— J'ai bien peur que ce soit impossible, sire. Cet ennemi, vous le connaissez bien, nous le connaissons tous. Cet ennemi, c'est l'Ombre.

La révélation que je viens de leur faire les touche en plein cœur. La reine Aude vacille un instant, et le roi est obligé de l'asseoir sur un fauteuil pour ne pas qu'elle s'écroule. Il se tourne vers moi avec une expression inquiète. Il sait ce que cela implique.

Il me fait signe de le suivre jusqu'à son balcon. En contrebas, nous profitons d'une vue imprenable sur les toits et les tours d'Utenau. La nuit est tombée et les rues sont étoilées de lueurs pâles. Tout est calme, mais pour combien de temps…

— L'Ombre est une menace permanente, seigneur Firo, déclare le roi. Il en a toujours été ainsi, je ne vois pas ce qui change.

— Sire, l'Ombre est l'opposé de la Lumière, mais c'est aussi son complément. Votre règne et ceux de vos prédécesseurs ont toujours été placés sous le signe de notre bienveillante divinité. Mais aujourd'hui, il semble que sa maléfique sœur veuille prendre sa revanche en faisant à nouveau pencher la balance de son côté. Ainsi va la vie, ainsi va le cycle divin qui domine notre royaume.

— Tu prédis donc des jours sombres, un retour à l'époque de la guerre noire ? dit le roi en fronçant les sourcils.

— C'est ce que je crains, mais je ne le prédis pas, sire. Nous pouvons empêcher cela.

— Il est impossible de lutter ; cette menace est déjà présente partout. Chaque narpéen a une part d'Ombre

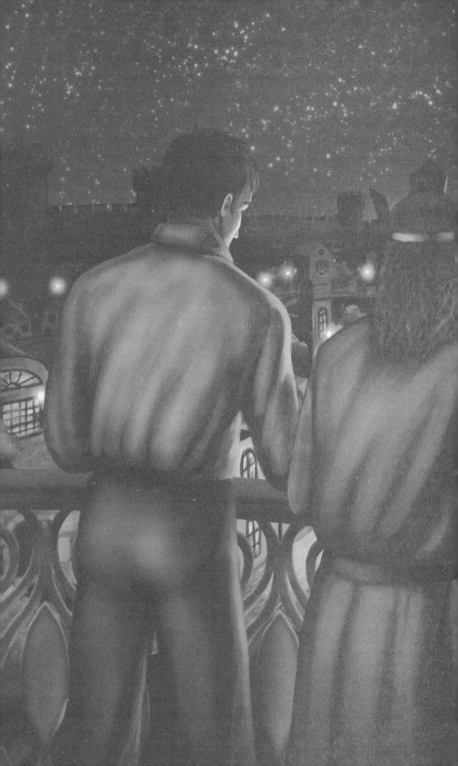

en lui. C'est une menace aux mille visages. Je ne suis pas armé pour y faire face.

— Détrompez-vous, sire. Vous avez aujourd'hui un atout qui n'existait pas durant la guerre noire.

— Un atout?

— Oui, sire. Vous avez les Lumenens. C'est en prévision de cela que notre ordre a été fondé. Comme vous le dites, chaque narpéen a en lui une part d'Ombre qui a aujourd'hui envie de se manifester. Mais il ne tient qu'à nous d'y opposer la part de Lumière qui, comme sa sœur, est indestructible.

Le roi marque un long moment de silence. Appuyé contre la rambarde, il observe la ville, le regard vide.

— Si je ne te connaissais pas, Firo, je te prendrais pour un fou. Pourtant, je crois bien que tu as raison. J'ai confiance en toi et en ton ordre. Cependant, la réalité est que vous n'êtes pas assez nombreux pour faire face à une telle quête.

— En effet, sire, mais nous ne devons pas nous avouer vaincus. Nous avons la chance d'avoir vu venir le danger bien avant qu'il n'arrive. Il faut profiter de cet avantage.

— Comment?

— En recrutant des Lumenens. En parcourant Utenau et les territoires sauvages pour faire briller la Lumière dans tous les endroits et chez tous ceux qui ont basculé dans l'Ombre. Je viens d'y envoyer des compagnons qui seront d'une grande aide. Nous pouvons gagner, j'en suis persuadé.

Mes paroles plongent le roi dans une profonde réflexion. À cet instant, je me sens plus que jamais proche de lui, presque son égal. C'est comme si je pouvais lire dans ses pensées. Il songe à sa fille, à sa famille, à Utenau et au royaume de Lumenumbra. Il revit son passé et celui du peuple narpéen. Il se projette dans l'avenir.

— Seigneur Firo, déclare-t-il enfin.

— Oui, sire ?

— Mobilisez les Lumenens, recrutez en masse, vous avez carte blanche !

Chapitre 8

Le spectre de la guerre noire

Trois jours se sont écoulés depuis cette conversation nocturne sur le balcon du roi. Depuis que j'ai rejoint l'ordre des Lumenens, jamais je ne me suis senti aussi inquiet. Je ne parviens pas à fermer l'œil et la fatigue m'envahit. Pourtant, cela n'affecte pas ma détermination, au contraire. Je suis Firo, le commandant des Lumenens, et je me sens prêt à affronter cette épreuve, ce combat d'une vie.

J'ai rouvert des dizaines de livres d'histoire et me suis penché avec attention sur tout ce qui traitait de la guerre noire. Il fallait bien tuer le temps, et je ne pouvais pas harceler nuit et jour mes subordonnés avec mes tourments personnels. Mes ordres sont donnés et je sais qu'ils seront exécutés avec la plus grande obéissance. J'ai toute confiance en mes hommes. Cette loyauté réciproque est une des grandes forces de notre ordre. En fait, j'espérais secrètement trouver dans ces

pages ternies par les siècles des réponses à mes questions, une inspiration stratégique qui me permettrait
de trouver la sérénité dont a besoin tout chef d'armée
avant la bataille.

·‥‥●●●●●●●‥‥·

C'était il y a cinq cents ans. À cette époque, l'endroit où
se trouve aujourd'hui Utenau ne comptait que quelques
maisons et la plupart de ses habitants logeaient dans
des tentes modestes. Cette ville, qui est aujourd'hui
devenue la capitale d'un grand et prospère royaume,
n'était qu'un endroit stratégique situé à la convergence
de quatre territoires sauvages : Ashku, la contrée de
l'air, Ini, celle de la terre, Nipi, celle de l'eau et Ishku,
celle du feu. On l'appelait la Croisée des éléments.

À cette époque, les humains étaient des nomades
divisés qui erraient dans les territoires sauvages. Ils
n'avaient qu'un seul et unique but : survivre.

Ces territoires étaient aussi les berceaux de peuples
très puissants. Ornis, chirops, falws, canys, ichtys,
képhals, sauriens et ignis régnaient en maîtres absolus
dans ces régions.

Les hommes parvenaient cependant à tirer leur
épingle du jeu et leur meilleur atout était le troc. Grâce
à l'échange de biens et de services, ils assuraient une
paix précaire avec certains peuples.

Au fil des générations, les humains ont réussi à
s'accommoder de cette nature féroce. Ils ont inventé
des machines, amélioré des outils, élaboré des tac-
tiques, acquis des pouvoirs, maîtrisé des talents. Pour
certains, la mutation fut même la solution. Mais jamais

ils ne sont parvenus à égaler les créatures légitimes des territoires sauvages. Seules des alliances temporaires et opportunistes leur permettaient de se préserver d'une disparition certaine.

Lorsque les plus sages d'entre eux ont fini par comprendre que dans chaque territoire deux espèces dominantes s'opposaient, tout a commencé à changer. D'un côté, ornis, falws, ichtys et sauriens étaient enclins à commercer. Avec eux, l'entente était possible pour peu qu'elle soit teintée d'un respect mutuel et permanent. De l'autre, chirops, canys, képhals et ignis n'acceptaient aucune négociation. Ils ne laissaient pas de place aux humains venus de l'orient qu'ils considéraient comme inférieurs et indignes de vivre sur leurs territoires respectifs. Il ne fallut alors qu'un pas pour que cette distinction soit assimilée aux divinités qui gouvernent le monde : la Lumière et l'Ombre. Depuis, ces croyances sont devenues des évidences et elles guident encore aujourd'hui notre façon d'appréhender et de comprendre le monde qui nous entoure.

Tout aurait pu continuer ainsi pendant des siècles, mais un jour, inexplicablement, les créatures de l'Ombre se sont alliées. Cette union contre nature n'a jamais été expliquée. Une légende raconte qu'un mystérieux être vêtu de noir et aux pouvoirs démesurés en était à l'origine.

Les créatures de l'Ombre se sont mises à harceler les convois et à attaquer les campements de tous horizons, ne laissant derrière elles que désolation. Débordés, les hommes ne savaient plus quoi faire et voyaient déjà leur fin toute proche. Ils se résignaient peu à peu à disparaître. Pourtant, l'un d'entre eux refusa la fatalité. Il s'appelait Uten. C'était un être d'une grande éloquence, un chef né. Il avait une foi inébranlable en la Lumière et, en quelques paroles parfaitement justes, était capable de convaincre les plus craintifs de ses compatriotes. Avec des compagnons d'armes triés sur le volet, il traversa un à un les territoires sauvages et rassembla tous les humains qu'il put trouver à la Croisée des éléments. Là, il organisa la résistance, exploitant les points faibles qu'il avait pu déceler chez les créatures de l'Ombre. Mais son acte le plus efficace fut sans doute de gagner à sa cause bon nombre de créatures de la Lumière. Cette alliance lui permit de gagner le temps nécessaire pour bâtir un solide mur d'enceinte autour de la Croisée des éléments. C'est sur ses fondations que s'élèvent aujourd'hui les murailles d'Utenau.

Aux quatre coins des territoires sauvages, Ombre et Lumière s'opposaient farouchement. Il n'y avait ni vainqueur ni vaincu. C'était le temps de la guerre noire, une période où le bonheur était une notion oubliée.

Les mois puis les années passèrent et, peu à peu, irrésistiblement, les créatures de l'Ombre prirent le dessus. Tout comme leurs adversaires, elles subissaient énormément de pertes. Cependant, le découragement ne les a jamais effleurées. Elles semblaient animées par une férocité sans limites, une cruauté surnaturelle. Elles réussirent à faire plier les forces de la Lumière, qui finirent par abandonner leurs alliés humains.

Lorsque les fidèles de l'Ombre parvinrent à la Croisée des éléments, ils organisèrent un siège qui dura six mois et six jours. On raconte qu'ils disposaient de terribles machines de guerre projetant lave brûlante, eau dévastatrice, roches destructrices et souffles ravageurs. L'Ombre attaqua sans relâche, mais les murs tinrent bon. Assaillants et défenseurs étaient épuisés, mais continuaient néanmoins à combattre, poussés par leurs instincts respectifs.

Pourtant, cette bataille s'acheva aussi mystérieusement qu'elle avait débuté. Alors qu'il était à son zénith, le soleil fut subitement masqué par un disque d'une noirceur profonde. Les ténèbres envahirent la région et tout le monde crut un instant que l'Ombre avait gagné. Mais le soleil refit son apparition et repoussa l'assaut de cet inquiétant disque noir. Lorsque le jour revint, les forces de l'Ombre avaient disparu. Elles étaient reparties dans les contrées sauvages. Ce phénomène a immédiatement été interprété comme un signe de paix durable entre les deux divinités.

Uten fut aussitôt nommé roi et il fonda à la Croisée des éléments la ville d'Utenau. Il devint ainsi le premier souverain élu du peuple narpéen. Convaincu que cette paix soudaine et inattendue était l'œuvre de la Lumière, il fonda l'ordre des Lumenens que je commande aujourd'hui.

On peut tirer de nombreuses leçons de ce sombre épisode de l'histoire narpéenne. La première est de prendre conscience de l'impuissance qui est la nôtre face aux entités maîtresses. J'ai juré fidélité à la Lumière et j'ai foi en elle, mais j'ai aussi parfaitement conscience du danger permanent que représente l'Ombre. Elle est toujours là, prête à se venger.

L'image de la carte annotée par le roi Adalric Ier ressurgit dans mon esprit. Voir le mal s'insinuer sournoisement dans notre capitale me trouble au plus haut point. Je sais que ma priorité est pour l'heure de recruter le plus possible de Lumenens. Par le nombre, j'espère pouvoir contrer cet assaut que je pressens imminent. Les efforts de mes officiers commencent déjà à payer. Des recrues venues de tous les quartiers d'Utenau commencent à affluer. Elles sont de tous âges et, pour la plupart, leur motivation ne fait aucun doute. Le prestige de l'uniforme Lumenen y est sans doute pour beaucoup. Pourtant, j'aime penser que c'est la Lumière qui est à l'origine de leur choix. C'est souvent chez les enfants qu'elle est la plus forte. Si je parviens à les impliquer sans les exposer au danger, j'aurai réussi à assumer mon rôle de chef d'armée et à augmenter nos chances de victoire.

Ces signaux sont très positifs et pourtant je reste fébrile, même si je ne le montre pas. La guerre noire apparaît dans mes pensées comme un spectre qui ne cesse de me hanter. Je n'ai aucune envie que les narpéens vivent à nouveau une telle période. Même si ma position fait de moi le premier des gardiens de la Lumière, le premier des adversaires de l'Ombre, je veux encore croire en une paix durable. J'espère éviter une nouvelle guerre divine dont nous ne serions que les pions.

Suis-je irréaliste? Suis-je fou? Je suis incapable de répondre. Mais quoi qu'il arrive, je veux être certain d'avoir fait tout ce qu'il faut pour préserver les narpéens d'une telle calamité. Je ne veux rien regretter.

Chapitre 9

Stella la magicienne

Depuis ce matin, j'ai un étrange pressentiment. C'est comme si quelque chose de très important allait se passer. Mon sixième sens ne me trompe jamais. Malheureusement, je ne le maîtrise pas encore très bien. Il ne me dit jamais clairement de quoi il s'agit. C'est assez énervant, mais il faut faire avec. J'aimerais tant être capable de deviner les choses avant qu'elles n'arrivent, lire dans le futur comme dans un livre. Cela reste un rêve, je le sais bien. Il me faut juste être patiente, car un jour, quand je serai plus grande, je sais que je deviendrai magicienne. J'ai toujours voulu cela.

— Tu viens, Stella ? m'interpelle madame Luna depuis le perron de la grande bibliothèque.

Tous les autres sont déjà rentrés et l'air surpris de ma maîtresse de me voir ainsi à la traîne me fait sourire.

— J'arrive, madame, réponds-je en me dirigeant vers elle.

Je suis si distraite que je trébuche légèrement sur un pavé. Madame Luna me regarde passer d'un œil intrigué et m'emboîte le pas sans dire un mot. Il faut dire qu'elle n'a pas l'habitude de me voir en queue de peloton. Moi, la fille du premier rang qui lève toujours le doigt pour répondre avant tout le monde. Ce n'est pas que je cherche à me rendre intéressante. C'est juste que je trouve ses questions trop faciles, presque évidentes. Ce n'est évidemment pas l'avis de mes camarades, et j'ai souvent droit à leurs moqueries. C'est tellement facile pour eux. Je n'ai que neuf ans et ils en ont tous au moins onze ou douze. J'aimerais bien voir s'ils s'en prendraient ainsi à moi si j'avais quelques années de plus qu'eux. Cette ambiance m'énerve autant qu'elle me fatigue. Je m'ennuie et je sais que je mérite mieux. Combien de fois me suis-je demandé si je ne devais pas tout abandonner, quitter cette école qui m'emprisonne. Mais la sagesse finit par me rattraper. Je ne peux pas faire cela. Où irais-je ? Que ferais-je ? Quoi qu'il en soit, en fin d'année, je demanderai à sauter une autre classe. J'espère qu'on me comprendra et, pour ma part, je ferai tout pour prendre de l'avance sur le programme.

Après avoir regroupé tout le monde dans le hall, madame Luna nous déclare de sa voix enrhumée :

— Les enfants, vous avez deux heures devant vous pour vous documenter sur vos exposés trimestriels. Soyez très silencieux. Les gens qui sont ici n'ont aucune envie d'être dérangés. À tantôt.

Voilà une bonne nouvelle ! Me voilà enfin tranquille. Il était temps qu'elle arrive, cette visite à la bibliothèque. Avec son haut plafond soutenu par des colonnes sculptées et son mobilier de bois précieux, ce bâtiment est vraiment majestueux. C'est sûrement le plus beau temple du savoir que j'ai vu. Mais ce n'est pas ça qui me motivait à y venir. J'ai plein d'informations à récolter pour mon devoir sur la magie ancienne narpéenne, et il n'y a qu'ici que je peux les obtenir. Ce sujet n'est pas traité dans les livres scolaires, du moins pas sérieusement. Il n'y a que dans la bibliothèque royale qu'on peut l'aborder en profondeur. Toutes les étagères qui s'étendent ici sont bondées d'ouvrages en tous genres. Il y en a même de très anciens qui datent d'avant la guerre noire, dit-on. Mais je n'ai jamais pu les consulter, car ils sont réservés à quelques personnes privilégiées. Quelle injustice et surtout quel gâchis! Un jour, j'ai même écrit une lettre au roi Adalric Ier pour dénoncer tout ceci. D'ailleurs, je me dis qu'après un an sans réponse, je devrais peut-être lui écrire de nouveau. C'est que je suis têtue, moi. Hi, hi.

Bien décidée à satisfaire ma soif de connaissance, je me presse vers le rayon ésotérisme où seuls quelques autres élèves vont également. Ouin, je les soupçonne de vouloir copier mes idées.

Quelques instants plus tard, me voilà plongée dans la lecture d'un livre très précieux. C'est le journal de voyage d'une narpéenne qui a jadis sillonné le territoire sauvage de la terre. J'ai tant de respect pour le savoir rapporté dans les livres. Quand je serai grande, j'espère que je serai capable d'accumuler assez de connaissances pour les transmettre à mon tour.

Totalement plongée dans l'ambiance de ce voyage en Ini, je dévore les pages dans un silence total. Ce

livre raconte le voyage d'initiation d'une jeune magicienne prénommée Jéwéa. À vrai dire, je connais très
bien cette femme. Enfin, je devrais plutôt dire que je
connais ses récits fantastiques. C'est la plus célèbre
des magiciennes. Cette fille est pour moi un modèle.
Elle a intégré l'ordre des Lumenens à douze ans et,
aujourd'hui, à l'aube de ses vingt ans, elle a déjà atteint
le grade de gardienne suprême. Quelle ascension
fulgurante !

Je suis dans ma bulle et rien de ce qui se passe
autour de moi, pas même les papotages de mes
camarades, ne peut m'arracher à cette lecture passionnante. Je ne remarque même pas l'arrivée de
trois Lumenens. Ils s'assoient non loin de moi dans
un coin discret pour discuter autour d'une carte du
royaume et de quelques encyclopédies des territoires
sauvages.

Ce sont les coups de coude répétés d'Anatole, un de
mes camarades, qui me font soudainement lever des
yeux agacés vers la salle.

— Quoi ! Qu'est-ce que tu veux ? lancé-je sèche-
ment à demi-voix.

— Regarde, Stella, des Lumenens, chuchote
Anatole. C'est bien toi qui…

Je lève mon regard quelques instants, le replonge
de nouveau dans mon livre pour finalement examiner
de nouveau les Lumenens.

— Mais c'est… c'est la fille du livre ! m'exclamé-je.

— Quoi, que dis-tu ? réplique Anatole, dérouté par
mon comportement.

— C'est la… C'est Jéwéa !

— Quoi ? Qui ça ?

— Franchement, Anatole, tu ne pouvais pas me prévenir plus tôt?

— Euh… Mais qu'est-ce que j'ai fait, moi?

J'en oublie aussitôt ma lecture et mon camarade Anatole. Voir Jéwéa en ces lieux, à quelques mètres de moi, réveille d'un seul coup tous mes rêves d'aventure. C'est la première fois que je la vois d'aussi près. J'aimerais tellement lui ressembler, être moi aussi une puissante magicienne arborant les couleurs des Lumenens.

Quelque peu intimidée, j'écoute discrètement la conversation.

— Nous n'avons aucune idée de la taille de ces grottes, Jéwéa, déclare un homme barbu aux allures de guerrier. Elles sont probablement très profondes.

— J'en suis consciente, Orlac, et c'est pour cela qu'elles constituent une cachette de choix pour les canys, répond Jéwéa.

— Il serait très risqué d'y pénétrer à découvert, intervient un autre homme qui affiche une mimique peu convaincue.

— Je suis d'accord avec toi, Namim. Il faudra y entrer discrètement, nous n'avons pas d'autre choix.

— Oui, mais comment? s'interroge Orlac.

Un bref instant de silence se produit. La réponse est pourtant si évidente. Comment est-il possible que des Lumenens n'y pensent pas? Mon sang ne fait qu'un tour.

— Il suffit d'utiliser un sortilège d'invisibilité! déclaré-je d'un trait en m'approchant de leur table.

Les Lumenens se retournent vers moi, les yeux écarquillés par la surprise.

— Tu es gentille, petite, me rétorque le guerrier, mais tu ferais mieux de retourner…

— Attends, l'interrompt Jéwéa. Laisse-la parler.

La magicienne se lève et fait quelques pas vers moi. Mon cœur s'emballe, mais je fais tout pour ne pas le montrer. Dans ses yeux, je décèle une lueur de curiosité. Elle me porte un grand intérêt et cela m'honore.

— Quel est ton nom, jeune fille ? me demande-t-elle.

— Je m'appelle Stella et je veux devenir magicienne tout comme vous, dame Jéwéa, réponds-je le plus naturellement du monde.

Jéwéa esquisse un sourire contenu, puis reprend :

— Tu connais ce sortilège ? Tu connais la magie ? Tu as l'air pourtant très jeune. Comment est-ce possible ?

— Moi, jeune ! Cela fait belle lurette que j'ai soufflé mes neuf bougies. J'ai lu beaucoup de livres sur la magie et je vous assure que mon esprit est bien plus mature qu'il n'y paraît. Il ne faut pas se fier aux apparences, dame Jéwéa. Les illusions ne fonctionnent que sur les faibles. Une magicienne de votre puissance est bien placée pour le savoir.

Jéwéa éclate de rire et pose ses mains fines sur mes épaules. Dans mon dos, je perçois les regards étonnés de mes camarades. Moi, la fillette surdouée de la classe, je discute d'égal à égal avec des Lumenens de haut rang. Ils n'en reviennent pas, ha ha ha.

— Je te félicite. Tu as de la répartie, Stella, me dit la magicienne. Je ne doute pas un instant de tes propos, rassure-toi.

Tout à coup, je ressens une sorte de vertige, comme si mon esprit était visité par une âme à la fois étrangère

et bienveillante. Je vacille et manque de m'évanouir, mais Jéwéa me retient et se penche vers moi.

— Je sais qui tu es, me chuchote-t-elle au creux de l'oreille. J'ai lu dans ton esprit. Tu es Stella la magicienne et ton destin est lié à la Lumière. Rejoins-moi, rejoins l'ordre des Lumenens.

— Comment? Ai-je bien compris? Je dois sûrement rêver, là! Vous, la célèbre magicienne Jéwéa, m'invitez à vous rejoindre?

Jéwéa esquisse de nouveau un sourire qu'elle partage avec ses compagnons lumenens, puis s'adresse à moi :

— Non Stella, tu ne rêves pas. Je t'invite personnellement à devenir une Lumenen. Nous allons prendre en charge tes études. Tu seras éduquée par les plus grands savants du royaume.

— Bien… bien sûr que ça m'intéresse! dis-je en bafouillant légèrement.

— Donc qu'est-ce qu'on attend, Stella? Allons de ce pas annoncer la grande nouvelle à tes parents. Je crois qu'ils ne seront pas contre cette belle occasion qui s'offre à toi.

Je file donc directement vers ma maison accompagnée par la grande Jéwéa sous les regards abasourdis de tous les occupants de la bibliothèque, madame Luna y compris. Hi hi…

C'est incroyable, mon rêve va se réaliser. Je vais enfin pouvoir prouver ma valeur en me mêlant à des narpéens de toutes les générations et devenir magicienne… la plus grande magicienne de tous les temps!

Chapitre 10

Victor le guerrier

À chaque fois, c'est la même chose. Dès que je mets le nez hors de ma cachette, j'entre dans une zone hostile, un territoire où tout peut arriver, le meilleur comme le pire. Je suis toujours sur mes gardes, mon regard examine les moindres recoins des ruelles pavées dans lesquelles je marche maintenant, sans autre but que celui de survivre. Sérieusement, j'exagère à peine.

Pour n'importe quel narpéen, Utenau est une cité paisible où l'on peut vivre en toute sérénité. Elle est dirigée par un roi posé, animée par un commerce prospère, habitée par une population variée et bâtie sur des fondations solides qui ont fait leurs preuves. Mais pour moi, c'est différent. Je suis un enfant des rues. Je n'ai personne pour me soutenir, aucune épaule sur laquelle m'appuyer en cas de danger. Et les dangers sont nombreux, croyez-moi. Ces dernières semaines, j'ai dû fuir ou me battre plus souvent que d'habitude. C'est comme si l'ambiance de la ville s'était soudainement dégradée. J'ai l'impression d'attirer les problèmes ou peut-être l'inverse. Bref, peu importe. C'est juste étrange et incompréhensible. Je ne fais que vivre ma vie. Marauder, rendre quelques services, faire du troc et dormir à l'abri, voilà mon quotidien.

Je suis Victor, celui qu'on surnomme l'orphelin des rues. Il n'y a vraiment pas de quoi susciter de la jalousie. Pourtant, c'est comme si le mauvais œil s'était posé sur moi. La nuit dernière, j'ai même rêvé qu'on m'avait jeté une malédiction. Il faut vraiment que mon esprit soit dérangé pour que j'en arrive à penser à une explication surnaturelle, même dans mon sommeil. Ha ha ha! Je ne crois pas en la magie. C'est beaucoup trop bizarre pour être fiable. La force, l'agilité et la ruse, voilà ce qui compte.

Désireux d'arriver au plus vite au marché, je m'engage dans une ruelle sombre totalement déserte. Je connais parfaitement tous les raccourcis d'Utenau et, lorsque mon estomac crie famine comme ce matin, c'est bien utile.

Tout à coup, au détour d'une auberge, trois silhouettes surgissent d'un recoin et me barrent le passage. Oh non, pas encore un guet-apens! À en croire leur mine agressive et leurs sourires dédaigneux, ils se sentent invincibles.

— Dix lums ou la mort! lance l'un d'eux sur un ton menaçant.

— Eh, les gars, j'ai déjà donné. Pouvez-vous juste achaler le prochain?

— Quoi! J'ai dit dix lums ou la mort! répète-t-il.

— Je vais donc prendre les dix lums, dis-je d'un ton moqueur.

À voir leur face, je ne crois pas qu'ils apprécient mon humour.

— Franchement, les gars, depuis quand faut-il payer pour passer ici?

— Depuis ce matin, le mioche, rétorque l'homme. Paye ou fais tes prières.

Ces adultes sont bien plus grands que moi. Il est vrai que du haut de mes seize ans, je dois leur paraître une proie facile. Mais ils ne me connaissent pas : je suis prêt à tout.

Intérieurement, je commence à bouillonner, et s'ils continuent comme ça, ils vont faire la connaissance de mes plus fidèles amis : Pif et Paf. Ce sont deux bâtons qui ont l'air tout à fait banals. Mais dans mes mains, ils deviennent des armes redoutables. Chacune de leurs victoires est marquée d'une petite entaille sur leurs fûts. À ce jour, Paf mène par trente-sept *knock-out* à vingt-trois. Cela s'explique aisément par le fait que je suis droitier et Paf tape donc souvent un peu plus fort que Pif. Mais je travaille quotidiennement pour combler ce déséquilibre. Bientôt, je serai complètement ambidextre.

— Alors, le mioche, tu te décides ou tu ne sais pas compter jusqu'à dix? nargue leur meneur.

C'est moi ça, le mioche? L'arrogance de cet homme et les ricanements de ses complices finissent par faire déborder le vase. Empoignant mes amis de bois, je me rue à l'assaut.

— Ne vous mettez pas en travers du chemin de Victor! hurlé-je en chargeant droit vers eux.

Surpris par ma réaction, ils dégainent des épées effilées et se mettent aussitôt en garde. Arrivé à quelques mètres d'eux, je bondis tel un guépard et leur passe par-dessus sans leur laisser le temps de réagir. Tournoyant dans les airs, mes bâtons en touchent durement deux à la tête.

Pif! Paf!

Étourdis, ils s'écroulent sur les pavés comme des sacs de farine mal remplis. Je me lance dans une roulade parfaitement fluide que je termine par un demi-tour sauté.

Me mettant à mon tour en garde, je dévisage le seul qui reste debout. Ses yeux se tournent brièvement vers ses deux camarades immobiles, puis se reposent sur moi, brillants de colère.

— Tu vois, je suis passé gratuitement, déclaré-je.

— Tu vas regretter ça! beugle-t-il.

Il détache alors de sa tunique une petite arbalète qu'il pointe vers moi. Au corps à corps, je sais que j'ai toutes mes chances, mais à distance et sans arme adéquate, je suis impuissant. Cette ruelle est comme une souricière et même la fuite m'est impossible. Mon cœur s'emballe, tenaillé par la peur.

Tchac!

Le carreau mortel vole vers ma poitrine!

Tchonk!

Il se plante miraculeusement dans Pif que j'ai instinctivement interposé pour me protéger. J'arme aussitôt mon bras droit et lance Paf comme un couteau. Il cogne l'homme en plein front et le fait basculer. Profitant de ce bref avantage, je m'élance les deux pieds en avant, ceinture le cou de mon agresseur avec mes jambes et l'envoie culbuter sur le sol. L'homme glisse et finit par s'assommer sur un solide mur de pierre.

Les deux autres se remettent à bouger. Ils commencent à reprendre connaissance. Après avoir récupéré Paf et extirpé le carreau d'arbalète de Pif, je m'empresse de vider les poches de ces trois énergumènes et je file en courant à toutes jambes.

Arrivé en vue de la place du marché, je dresse la liste de mes prises de guerre. Cinq lums, une dague et un croûton de pain : voilà un fantastique butin!

Je balaye le marché du regard, me demandant ce que je vais bien pouvoir faire avec un tel budget. Soudain, une main se pose sur mon épaule. Je fais volte-face et découvre un visage garni de cicatrices à demi caché par une soutane bleu nuit sous laquelle je devine un arsenal d'armes en tous genres. Son regard dégage une immense sérénité et apaise aussitôt ma panique.

— Bravo, Victor, tu les as bien corrigés, dit-il en me serrant chaleureusement la main.

— Comment connaissez-vous mon nom? demandé-je, surpris.

— Ha ha ha! Tu l'as crié si fort en chargeant ces malandrins que tout Utenau l'a entendu!

Cet homme me paraît sympathique. Cela change de ceux que je rencontre ces derniers temps dans les rues de la ville. Toutefois, je ne suis pas prêt à donner ma confiance à un inconnu; je suis bien trop malin pour ça.

— Mais qui êtes-vous d'abord? l'interrogé-je en fronçant les sourcils pour me donner un air intimidant.

— Je m'appelle Edgard. J'ai vu ce qui s'est passé dans la ruelle et je t'ai suivi pour te proposer quelque chose.

— Vous m'avez suivi ? Impossible, je m'en serais aperçu. Je ne me laisse jamais filer comme ça.

— Ha ha ! Ne sois pas honteux. La discrétion est mon métier. Je suis un rôdeur de l'ordre des Lumenens.

Je n'en crois pas mes oreilles et je me surprends à rougir. Je suis devant un vrai Lumenen. Cette caste est connue pour rassembler les meilleurs combattants du royaume. Quelque peu vexé de m'être fait ainsi surprendre, je passe vite à autre chose et tente de savoir ce que veut ce prestigieux personnage.

— Vous dites vouloir me proposer quelque chose…

— Oui, je te propose de rejoindre l'ordre des Lumenens, jeune Victor.

Ses paroles me laissent un instant stupéfait. Pourquoi l'ordre des Lumenens s'intéresserait-il à moi, un enfant des rues, un orphelin anonyme ? Il faut lui tirer les vers du nez.

— Et qu'est-ce qui vous fait penser que je vais accepter ? tenté-je sur un ton provocateur.

— Tu es un combattant-né, Victor. Nous avons besoin de gens comme toi. Il en va de l'avenir de notre royaume.

— Ni le royaume ni son roi n'ont jamais rien fait pour moi, messire Edgard. Pourquoi devrais-je les servir ? Je me suis toujours débrouillé seul. Je ne dois rien à personne, au contraire.

— D'accord, c'est à toi de voir, Victor. Si tu ne veux pas faire partie des plus grands combattants

du royaume, tant pis, prononce Edgard en repartant doucement.

— Quoi! Attendez! m'empressé-je de rajouter. Vous disiez quoi au juste?

— Que tu le veuilles ou non, tu fais partie de notre royaume, Victor. Tu es un narpéen comme moi, comme tous les gens qui vivent à Utenau. Je sais que la vie ne t'a jamais gâté et que la rue ne fait pas de cadeaux. Mais ce n'est pas la pitié qui motive mon intervention.

— C'est quoi, alors?

— La raison, tout simplement. Tu possèdes un talent qui m'intéresse, ni plus ni moins. Que tu considères cette proposition comme un honneur ou comme un dû m'est égal. Accepte-la, tu ne le regretteras pas.

Je me sens évidemment honoré par cette marque d'attention; on m'en donne si peu. Je n'ai qu'une envie : dire oui sur-le-champ et sauter sur cette occasion de me lancer dans une grande aventure. Mais ma fierté me pousse à cacher mes sentiments. Je décide de feindre l'indifférence et reste muet. En voyant mon comportement, Edgard esquisse un sourire et déclare :

— Je te laisse, Victor. À ce soir, au quartier général des Lumenens. Je pense que tu sais où il se trouve…

Sur ces mots, il tourne les talons et s'éloigne. Il ne s'est pas laissé tromper par ma comédie, c'est évident. Tant pis, son offre est trop alléchante. Je brûle d'envie de porter l'uniforme des Lumenens et d'être reconnu comme un grand parmi les narpéens.

C'est décidé. Ce soir, j'y serai…

Narré par : **YSABEL**

Chapitre 11

Ysabel la rôdeuse

Mon plus beau sourire et des mots habiles, c'est tout ce qu'il m'aura fallu pour convaincre le juge de valider mon inscription. Pourtant, je dois avouer que je n'étais pas certaine de réussir. À quatorze ans, il est difficile de se faire passer pour quelqu'un qui en a dix-huit. Il y a en effet un âge minimum pour être ici. Heureusement, ma taille et mes traits matures ont joué pour moi. Je suis bien plus grande et athlétique que les autres filles de mon âge. Cela dit, ce n'est pas qu'un cadeau de la Lumière. Je travaille dur pour entraîner mon corps à être performant dans toutes les situations, y compris les plus extrêmes. Et la compétition qui est sur le point de se dérouler en est une qui me motive particulièrement. Je m'y prépare depuis des années et je ne suis pas là pour faire de la figuration.

— Tous les concurrents sur la ligne de départ! annonce l'arbitre officiel à l'aide d'un porte-voix étincelant.

La bousculade ne tarde pas. C'est à croire qu'ils viennent de lancer des soldes sur des épices des territoires sauvages. Tout le monde veut être devant afin de ne pas être gêné au moment du départ. Pour ma part, je reste sagement derrière et laisse ces disputes stupides à celles et ceux qui y excellent. Il est inutile de risquer un mauvais coup d'épaule ou de pied. Ce n'est pas comme ça qu'on gagne la course de la Lumière. Tout ce qui compte, c'est d'être le premier à arriver au pied de Lumia, la tour qui domine la ville.

Cette compétition a été créée par le roi Adalric Ier dès la première année de son règne. Depuis, son succès ne cesse de croître et la foule des engagés qui se presse en cet instant sur la ligne de départ en témoigne. Avant de gouverner, le roi était un grand cartographe. Il a réussi à faire un plan précis de la cité d'Utenau, ce qui est en soi un prodige. Cette ville est si vivante que ses murs et ses rues ne cessent d'être modifiés au gré des envies, des besoins, des contraintes ou des modes des narpéens. Je ne crois pas qu'une seule journée de ma vie se soit passée sans bruit de coup de marteau, c'est dire. C'est pour rendre hommage à cette agitation populaire qu'il a créé cette course urbaine. Le véritable défi n'est pas forcément de rallier l'arrivée le plus vite possible. Il tient plutôt dans le fait de ne pas se perdre dans les dédales de ruelles garnies d'obstacles inattendus. Moi en tout cas, j'adore ça.

Pan!

Le départ est donné sous les bourdonnements du public venu en grand nombre. En explosant, la boule de cristal donnant le signal dégage un cercle de fumée blanche. Les concurrents se ruent sur les pavés en courant à toute vitesse et en donnant des coups de coude. Nombreux sont ceux qui trébuchent et s'étalent sur le sol. Oh, les idiots. Très vite, ils se divisent et s'engagent dans les différentes rues qui s'ouvrent devant eux. La plupart prennent celle qui se dirige droit dans la bonne direction. C'est assez facile, car la tour est visible depuis la ligne de départ, mais ça ne durera pas. D'autres tentent de passer par des voies parallèles, espérant qu'elles seront plus faciles à suivre. Quant à moi, je m'élance droit vers le mur qui me fait face. C'est celui d'une grande maison et ce qui m'intéresse particulièrement est qu'il est garni de lierre. Je m'agrippe aux plantes et grimpe avec aisance. Mon action fait s'élever des « oh » de surprise dans la foule. Mais ils sont loin d'avoir tout vu, car ma stratégie est très différente de celles de tous les autres concurrents. Je ne vais pas courir sur les pavés, je vais passer par les toits.

Dès la gouttière atteinte, je m'y accroche et balance mes jambes pour accéder à la toiture. De là, je profite d'une vue imprenable sur Lumia. Baignée par le soleil, la tour se dresse vers le ciel comme une immense chandelle. Devant moi, ce n'est qu'une vaste étendue scintillante de pentes et contrepentes d'où émergent des cheminées fumantes. Les toits d'Utenau sont à moi !

Je m'élance sur les ardoises au pas de course. Je suis habituée à parcourir des terrains accidentés et des sols glissants. Arrivée au bout de la première toiture, je bondis sur la suivante sous les yeux surpris d'un chat tigré. Je passe ainsi de toit en toit, cheminant d'un pas léger et filant dans les airs droit vers mon objectif.

De temps à autre, ma situation dominante me permet de voir ce qui se passe en bas. J'aperçois des concurrents dans presque toutes les rues, mais ils sont déjà bien moins nombreux qu'au moment du départ. Les embûches ne manquent pas. Ici, j'en vois une poignée qui est arrêtée devant un énorme tas de pierres déposé à l'occasion d'un chantier de rénovation. Là, une charrette est renversée. Pour pouvoir passer, les participants perdent du temps à déplacer les tonneaux qu'elle a déversés sur les pavés. Je m'amuse de les voir pousser et chercher des échappatoires pendant que moi, je vole au-dessus de leurs têtes.

Lumia grandit à vue d'œil. Je progresse bon train sous les regards étonnés des rares personnes qui me voient passer avec mon allure féline devant leurs fenêtres. Tout à coup, j'arrive devant une tour particulièrement bizarre qui dépasse largement les autres bâtisses. Si je ne veux pas faire un détour qui me coûterait un temps précieux, je dois passer par ses parois. Ce n'est pas le moment d'hésiter, il faut foncer. Après avoir accéléré aussi vite que mes jambes me le permettent, je saute aussi loin que possible et m'agrippe de justesse au rebord d'une petite fenêtre. Mon arrivée surprend un vieil homme qui faisait d'étranges expériences. Il en lâche un flacon qui explose à ses pieds. Le pauvre homme est noir de la tête aux pieds et ses cheveux ébouriffés dégagent de la fumée. Je suis prise d'un fou rire en voyant ses yeux étourdis et encrassés par la suie regarder vers le sol puis vers la fenêtre où je suis accrochée.

— C'est toi, Boo ? demande-t-il.

Je reste muette.

— Si c'est toi, sache que ce n'est pas drôle, reprend-il en s'essuyant nerveusement les yeux. Je te croyais en mission en Ashku. As-tu déjà abandonné, espèce de lâche ?

— Je m'appelle Ysabel, dis-je en souriant afin de dédramatiser la situation tout en me montrant.

— Déguerpis de là, petite acrobate, ou je te change en pierre, foi de Léonard ! vocifère-t-il.

Oups, mieux vaut ne pas l'embêter, celui-là. Je m'empresse de passer de l'autre côté de la tour. Elle est tellement mal construite que les prises sont nombreuses et particulièrement faciles. Ce bâtiment est un terrain pour débutant. Je me fais cependant une petite frayeur en faisant tomber quelques blocs que je n'imaginais pas si mal accrochés, mais je parviens finalement à gagner sans encombre l'autre face. De là, je saute sur le toit d'une nouvelle maison et poursuis ma course aérienne.

Peu après, j'arrive à la place centrale. Lumia est là, juste devant moi. Elle s'élève au-dessus du château royal, le centre névralgique de la cité et du royaume tout entier. La foule est venue nombreuse pour assister à l'arrivée. À vrai dire, cette place est le seul endroit où l'on est à peu près certain de voir passer tous les concurrents, du moins ceux qui terminent la course. Les voir s'agiter en contrebas sans avoir conscience de ma présence est vraiment amusant.

Je profite d'une corde à linge dont je détache une extrémité pour me laisser élégamment glisser jusqu'aux pavés en emportant toute une série de chaussettes, de culottes et de chemises. Des exclamations de surprise et des applaudissements enjoués accompagnent ma descente. Quelques instants plus tard, je déboule sur la ligne d'arrivée sous les acclamations du public et je saisis en souriant le ruban d'or tendu en travers du passage qui n'attendait que moi.

— J'ai gagné !

Les bravos et les hourras résonnent dans tout Utenau. Ma stratégie était la bonne, j'ai écrasé la concurrence. Cette fois, il m'est impossible d'éviter la cohue. Des dizaines de mains et de bras m'enlacent et me frôlent pour saluer ma performance. En cet instant, je me sens plus importante que le roi lui-même. Mais mon but n'est pas là. Je ne cherche pas les honneurs, je suis bien trop modeste pour ça. Tout ce que je veux, c'est prouver qu'une fille de quatorze ans peut battre des adultes. C'est maintenant chose faite. Na !

Le roi Adalric Ier en personne fend la foule et s'approche de moi d'un air solennel. C'est la première fois que je le vois de si près et sa prestance m'impressionne quelque peu.

— Quelle arrivée théâtrale ! s'exclame-t-il. C'est la première fois que je vois ça. Je te félicite.

— Merci, messire, réponds-je timidement en sentant mes joues rougir.

— Comment t'appelles-tu, jeune fille ?

— Ysabel, messire.

Le roi sourit et se penche alors vers moi pour me parler au creux de l'oreille :

— Je crois que tu n'as pas l'âge de participer à cette course, chuchote-t-il.

— Mais, messire, je vous jure que…

— Ne te fatigue pas, Ysabel, je ne dirai rien. Tu as bien mérité cette victoire, quel que soit ton âge. Tu as été la meilleure et c'est tout ce qui compte.

Les instants suivants ne sont qu'une perpétuelle série de félicitations. Tout le monde me parle comme si j'étais leur amie. Je ne suis pas habituée à la célébrité. C'est à la fois plaisant et effrayant. En vérité, je ne me sens pas très à l'aise, mais je tente néanmoins de profiter de ces moments de gloire avec ma modestie et ma sérénité habituelles. À force de réfléchir, j'en arrive même à craindre la suite. Que vais-je bien pouvoir faire maintenant que j'ai gagné cette épreuve ? Quel sera mon prochain défi ?

Peu après, un homme s'approche de moi. Son armure d'or étincelante lui donne fière allure. C'est un Lumenen, un très haut gradé.

— Bonjour, Ysabel, me dit-il. Je m'appelle Firo.

— Bonjour, euh… seigneur Firo. Que…

— Tu es très talentueuse, me coupe-t-il. J'ai besoin de gens comme toi dans les rangs des Lumenens. Es-tu prête à partir à l'aventure ? Es-tu prête à prendre le risque de servir ton royaume ?

Ses mots résonnent dans ma tête comme un appel du destin. Comme je sais que mes parents ne me refuseront pas de répondre favorablement à cette proposition, pas plus qu'ils ne se sont opposés à ma participation à cette course alors que j'étais loin d'en avoir l'âge, j'acquiesce sans hésitation :

— Seigneur Firo, je suis des vôtres !

Chapitre 12

Rencontre matinale

D'un côté, je ne regrette pas mon choix. Cette nuit passée dans le quartier général de l'ordre des Lumenens m'a permis de dormir dans un vrai lit, pas sur une vulgaire couche de paille visitée par les rats comme j'en ai l'habitude. C'est un luxe dont je n'ai que trop rarement profité dans ma vie. Depuis que je suis là, je n'ai croisé messire Edgard qu'un bref instant. C'était hier soir, à mon arrivée. Il m'a ouvert les bras en souriant lorsqu'il m'a vu.

— J'en étais sûr ! Bienvenue, Victor ! s'est-il exclamé.

J'ai été très bien accueilli. On m'a aussitôt offert un bon repas, un bain et une chambre qui, même petite, ressemble pour moi à une auberge de première classe. À vrai dire, je ne sais pas à quoi ressemble une auberge de première classe, mais j'en ai entendu parler. Il faut dire que ce bâtiment est vraiment impressionnant. Partout, tapisseries, tableaux, sculptures, meubles et pierres transpirent le prestige. Tout est impeccablement entretenu et on se sent presque gêné de poser les pieds sur les magnifiques tapis qui garnissent les sols des couloirs et des salles. Être ici est un grand privilège.

Cependant, je me demande si je n'ai pas fait une bêtise. C'est un peu à cause de toutes ces faveurs que je me sens mal à l'aise ce matin. C'est la première fois qu'on s'occupe de moi, et ça me trouble. Je suis sur la défensive et, depuis mon réveil au son de la cloche, j'ai peur de voir surgir un ennemi à tout moment. Si mes yeux sont encore embrumés par mes rêves nocturnes, mon instinct de conservation, lui, est en alerte. En plus, on m'a confisqué Pif et Paf sous prétexte que les armes ne sont pas autorisées en dehors des entraînements. Quel affront ! Mais je sais parfaitement me défendre à mains nues. S'ils ne le savent pas, ils l'apprendront et la leçon sera douloureuse. C'est donc les poings serrés et le regard méfiant que je pénètre dans le grand réfectoire pour prendre le petit déjeuner.

L'ambiance y est plutôt calme. On n'entend que de timides bruissements émis par des couverts effleurant des assiettes remplies de bonnes choses. Sur de grandes tables alignées avec une rigueur militaire, pains, confitures, fruits et fromages sont offerts à volonté à des dizaines de gens qui mangent en s'observant du coin de l'œil. Il y en a de tous les âges : des adultes grisonnants, des jeunes hommes et femmes et des enfants qui, pour certains, me paraissent très jeunes. Que font-ils tous là ? Souhaitent-ils eux aussi rejoindre les rangs des Lumenens ?

Après avoir balayé plusieurs fois la salle du regard, je comprends qu'il ne reste plus qu'une place tout au bout du banc de la table du fond. Elle est située à côté de celle d'une fille très belle qui doit avoir à peu près mon âge et en face de celle d'une fillette qui doit probablement être la cadette de l'assemblée. C'est bien ma veine. Cela dit, il est vrai que j'ai un peu traîné pour me lever. J'étais tellement bien dans ces draps propres. La faim me tiraillant l'estomac, je vais donc m'y asseoir sans donner l'air de m'intéresser à qui que ce soit et commence à me servir copieusement en me gardant bien d'adresser la parole à ces voisines que je n'ai pas choisies.

— Hé, tu pourrais dire bonjour quand même ! me lance la fillette en fronçant les sourcils.

— B'jour, marmonné-je en levant à peine les yeux de mon assiette.

Ses cheveux blonds et bouclés dandinent sur son visage enfantin aux yeux noisette. Aussitôt, elle monte sur ses grands chevaux et prend ma voisine à témoin :

— Non, mais tu as vu ça ? Pour qui il se prend, celui-là ? Je te signale que nous sommes tous là pour la même raison, alors ne te crois pas plus malin que les autres !

Je déteste être agressé de si bon matin et ma réaction ne tarde pas.

— Tais-toi un peu, gamine, déclaré-je d'un air exaspéré. Va jouer à la poupée et laisse les grands tranquilles.

Avec cette remarque, je compte bien m'octroyer l'appui de ma belle voisine. Ses cheveux roux, ses yeux verts et son visage harmonieux dégagent un charme irrésistible. En toute logique, la présence de cette jeunette ne peut que la déranger. Je la vois se tourner vers moi.

— Elle a raison, intervient-elle. Non seulement tu arrives le dernier, mais en plus, tu te comportes comme un malotru. Si tu ne veux rien partager, c'est ton choix. Mais sache alors que tu n'as rien à faire ici.

Là, je tombe de haut. Heureusement, ma fierté me permet de garder la tête haute et de ne pas montrer mon embarras.

— Voyons, ce n'est qu'une gamine, ricané-je en montrant la petite fille du doigt.

— Stella ! colère la petite. Je m'appelle Stella et je ne suis pas une gamine. Je suis une magicienne, c'est la puissante Lumenen Jéwéa qui me l'a dit.

— Si toi, tu es une magicienne, alors moi, je suis le chef des Lumenens, rétorqué-je en éclatant de rire.

— Tu as tort de la sous-estimer, reprend ma voisine. Si Stella est ici, ce n'est certainement pas par hasard. À moins que ce soit le cas pour toi…

Je n'en crois ni mes yeux ni mes oreilles. Elle me plaît, je veux m'en faire une alliée, et voilà qu'elle me défie ! Qu'est-ce que je lui ai fait ? J'ai envie de cogner, mais je me ravise. C'est une fille, une très jolie fille en plus. Ne voulant pas perdre toutes mes chances, après une bonne respiration, j'opte finalement pour une solution sournoise que j'espère efficace : la fausse excuse.

— D'accord, je suis désolé. Je suis un peu grincheux le matin. Je m'appelle Victor et mon talent à moi, c'est le combat.

— Bienvenue parmi nous, Victor, répond celle pour qui mon cœur bat déjà secrètement. Moi, je suis Ysabel et je viens de remporter la course de Lumia.

— En passant par les toits ! Ha ha ha ! s'esclaffe la petite Stella.

Même si je me garde bien de le montrer, la sincérité et la spontanéité de ces filles ne me laissent pas indifférent. En réfléchissant bien, je suis heureux d'avoir trouvé deux personnes à qui parler. Je me laisse donc aller à quelques traits d'humour afin de détendre l'atmosphère :

— Une magicienne de haut rang et une athlète géniale, je suis gâté.

Le repas se poursuit dans la bonne humeur et, sans vraiment m'en rendre compte, je commence à me lier à elles. Les raisons n'ont rien à voir, bien sûr. La petite Stella me fait juste rire, car elle se croit mon égale. Elle comprendra quand elle sera plus grande. Mais Ysabel, c'est différent. Je me sens naturellement proche d'elle ou tout du moins j'ai envie de l'être. En tout cas, leur compagnie m'est très agréable. Je ne m'attendais pas à ça.

· · ·•◦●◗❉◖●◦•· · ·

Une fois le repas terminé, nous nous retrouvons dans la grande salle d'audience. Avec ses hautes colonnes et ses frises sculptées représentant des paysages sauvages et intrigants, elle en impose. Nombreux sont ceux qui, comme Ysabel, Stella et moi, ont commencé à sympathiser. L'ambiance s'en ressent et le brouhaha des discussions s'intensifie. Tout à coup, un homme en armure dorée fait irruption dans la pièce. Il a l'air d'être un redoutable guerrier.

— Bonjour à tous! déclare-t-il d'une voix puissante et autoritaire.

Je me penche vers Ysabel pour partager avec elle mon opinion sur cet impressionnant personnage.

— Je pense que c'est le chef des Lumenens, chuchoté-je.

— Évidemment, intervient Stella, qui a tout entendu. Ysabel le connaît, c'est lui qui l'a recrutée.

— Ah bon? m'étonné-je.

— Eh oui, sourit Ysabel. Il se nomme Firo.

Après s'être présenté, Firo débute son discours:

— Je vous souhaite à tous la bienvenue dans l'ordre des Lumenens. En venant ici, vous vous êtes engagés sur la voie de la Lumière, et je vous assure que vous avez fait le bon choix. Elle est à l'origine de notre civilisation et c'est elle qui protège le royaume de Lumenumbra depuis des siècles. Aujourd'hui, plus que jamais, elle a besoin de vous pour continuer d'illuminer notre monde de son aura bénéfique. Il y a parmi vous des gens de tous âges, de tous horizons et de tous talents. Vos passés comme vos motivations sont différents, mais je peux vous garantir qu'à partir d'aujourd'hui, vos destins à tous seront liés au mien et à ceux de tous mes confrères. Nous formons un corps d'élite uni, une force indestructible vouée à la défense du bien. Soyez fiers, mes amis. Vous êtes désormais des Lumenens!

Son éloquence et sa gestuelle parfaite déclenchent spontanément un tonnerre d'applaudissements. Il n'y a pas à dire, cet homme sait motiver ses troupes. C'est un grand chef.

— Vous démarrez au bas de l'échelle, poursuit-il. Mais soyez sûr que vous en gravirez rapidement les échelons par vos actes et votre comportement. Plus qu'ailleurs, dans l'ordre des Lumenens, le mérite est récompensé. Aujourd'hui, nous allons vous remettre à chacun un insigne qui identifiera votre grade de gardien de la Lumière. Cet insigne est bleu, comme le ciel clément qui surplombe ce matin notre belle cité d'Utenau. En acquérant de l'expérience et en réussissant vos missions, vous serez tour à tour décorés d'insignes de bronze, d'argent et d'or. Ils matérialisent les grades de grand gardien, de gardien royal et de gardien suprême. Et peut-être qu'un jour, lorsque votre insigne d'or sera complété, vous aurez le privilège d'accéder au sommet de Lumia pour y rencontrer la Lumière. Qui sait, peut-être fera-t-elle de vous le prochain commandant de l'ordre. C'est tout ce que je vous souhaite.

Les mots du seigneur Firo me font palpiter le cœur d'excitation. Ici, c'est tout le contraire de ce qui se passe dans la rue. On nous respecte. Je me vois déjà à sa place, commandant des centaines de Lumenens dans mon armure étincelante. J'observe discrètement Ysabel et Stella. Leurs visages affichent des sourires crispés. Seraient-elles en train de penser la même chose que moi ?

Chapitre 13

L'ordre des Lumenens

Les nouvelles recrues sont vraiment nombreuses aujourd'hui, et voir tous ces nouveaux visages en ce lieu me réchauffe le cœur. Une nouvelle fois, j'ai prononcé mon discours de bienvenue. Depuis ma discussion avec le roi et la décision d'accélérer le recrutement des Lumenens, c'est un exercice que je fais maintenant quotidiennement. Pourtant, je n'ai pas l'impression de me répéter. Je pense même être à chaque fois plus convaincant que la veille.

Je n'ai aucun doute sur la volonté d'engagement de ces nouveaux venus, mais je sais très bien que leurs destins à tous seront très différents. Certains vont peut-être rapidement se décourager et finiront même par quitter nos rangs. Je ne les blâmerai pas, car ce qui les attend est difficile. Combattre l'Ombre, cet ennemi invisible et surpuissant qui s'immisce partout, est une épreuve terrible, décourageante. Mais par expérience, je sais qu'il y en a aussi parmi eux qui se dévoileront, qui vont s'accomplir dans leurs missions et faire briller la Lumière qui est en eux pour notre bien à tous. À cet instant, je n'ai encore aucune idée du destin de chacun de ces gens. Ils sont si différents. C'est cependant une chance immense, car c'est cette diversité qui fait la richesse de notre peuple et de notre civilisation. Il faut préserver cela et faire en sorte que chacun trouve sa voie. C'est de cette façon que l'ordre des Lumenens sera fort, j'en suis convaincu.

· ········ ·

La répartition des recrues est un moment délicat. Il ne faut pas se tromper. Un individu, quel qu'il soit, a des talents naturels qu'il s'agit d'exploiter et de développer. L'armée Lumenen est composée de trois branches que nous appelons «loggias». Elles matérialisent les spécialités de nos membres et ont chacune leur propre couleur. Le jaune est la couleur de la loggia des magiciens. Elle symbolise le savoir et l'intelligence qui sont des qualités indispensables à qui désire maîtriser les arcanes de la magie. Le bleu est celle de la loggia des rôdeurs. Elle représente l'agilité et l'aisance dont ils font preuve dans toutes les situations. Quant au rouge, c'est la couleur de la loggia des guerriers. Elle matérialise la force et la puissance qui en font des combattants hors pair.

Dans l'ordre des Lumenens, il n'est pas question de choisir à la place des nouveaux venus. Ce choix doit venir d'eux et eux seuls. C'est en particulier pour cela que ce moment est délicat. Si un individu se trompe, cela ne l'empêchera peut-être pas de faire carrière au sein de l'ordre et de protéger la voie de la Lumière, mais il sera néanmoins limité dans sa progression et ne pourra jamais s'accomplir totalement. Une personne, quelle qu'elle soit, possède en elle une part de

chacune de ces couleurs primaires issues de la lumière blanche bienfaitrice. Ainsi, le novice doit déceler sa propre part majoritaire afin de choisir sa loggia naturelle. C'est la condition *sine qua non* pour réussir dans l'ordre.

Cependant, les loggias ne sont pas des familles isolées. Elles interagissent et évoluent en symbiose les unes avec les autres comme tous les traits de caractère des gens. Lorsqu'on parvient à associer ses talents, cela revient à mêler les couleurs primaires et on est alors capable de se surpasser. Ainsi, jaune et bleu forment la teinte verte, bleu et rouge forment la violette, et rouge et jaune forment l'orange. Ce sont les couleurs de l'excellence. C'est surtout avec l'expérience qu'un Lumenen peut les atteindre, mais il faut faire très attention et modérer ses prétentions. Vouloir être parfait, avoir l'ambition de maîtriser tous les talents de la nature narpéenne est une voie dangereuse qui peut aussi bien conduire à la Lumière qu'à l'Ombre. La perfection est un idéal difficile à atteindre, certains diront même que c'est impossible. Il faut prendre cela comme une bénédiction, une chance donnée à chacun de vivre sa vie à sa façon, avec ses qualités et ses défauts.

Ce principe fondamental, c'est la première notion qui sera enseignée aux nouveaux, mais seulement après qu'ils auront choisi leurs loggias, car il ne faut pas influencer leur décision. Au début, ils ne comprendront peut-être pas totalement, mais avec le temps, j'espère qu'ils en tiendront compte. C'est une tradition qui se perpétue depuis la création de l'ordre, juste après la guerre noire. Elle a fait ses preuves à de nombreuses reprises, et tant que je serai à la tête des Lumenens, je veillerai à ce qu'elle soit respectée.

Il sera bientôt midi, et je m'apprête à monter sur l'estrade pour m'adresser une nouvelle fois aux nouveaux arrivants. Ce matin, après mon premier discours, ils ont fait leurs choix de loggias. Ils sont maintenant en uniformes et les insignes qu'ils arborent brillent d'une lueur optimiste. Ils sont rassemblés et attendent ma venue. Les discussions vont bon train et leur écho se propage partout dans tous les couloirs du quartier général. Je comprends très bien leur excitation. Porter pour la première fois l'uniforme des Lumenens est un moment important, un cap dans une vie dont on se souvient toujours.

Lorsque je pénètre dans la grande salle, je m'efforce d'afficher un visage grave et solennel afin d'avoir une attitude appropriée à propos du message que je tiens à faire passer. L'effet est immédiat et les voix se taisent presque instantanément. Seul un jeune guerrier qui est en train de se chamailler avec une fillette magicienne tarde à se taire. Il ne finit par le faire qu'après l'intervention d'une jeune rôdeuse que je reconnais aussitôt. C'est Ysabel, un prodige d'agilité qui vient de remporter la course de Lumia en passant par les toits d'Utenau et que j'ai recruté aussitôt après l'arrivée. Je la remercie d'un discret hochement de tête lorsque son regard croise le mien, et elle se met à sourire après avoir un instant écarquillé les yeux de surprise. J'ignore s'ils se connaissent depuis longtemps, mais ce trio d'enfants ne me laisse pas indifférent. Ysabel a l'air d'avoir une certaine autorité sur ses deux voisins, la petite magicienne et le guerrier dissipé. Je me souviendrai de cela, car, le moment venu, il faudra former des groupes, et il est de ma responsabilité qu'ils soient soudés et efficaces.

Ce petit problème réglé, je profite du silence pour entamer mon discours :

— Braves Lumenens, vous voici à l'aube d'une nouvelle vie. Vous portez maintenant l'uniforme qui fait de vous des gardiens de la Lumière. Soyez-en fiers et honorez-le. Chacun de vous a choisi une loggia et donc une discipline de prédilection. Que vous ayez embrassé une carrière de guerrier, de rôdeur ou de magicien, je vous souhaite à tous que ce choix ait été dicté par votre raison, par une profonde connaissance de vos forces et faiblesses, car il conditionnera votre progression dans l'ordre des Lumenens.

Mes paroles font réagir l'auditoire. Je sais ce qu'ils pensent, car je suis moi aussi passé par là. Ils se demandent s'ils ont fait le bon choix. Ils sont tiraillés entre doutes et certitudes. Déjà, je perçois aux expressions sur leurs visages ceux qui manquent de confiance en eux. Avec mes lieutenants, nous tâcherons de raviver cette confiance. C'est notre rôle d'enseignants et c'est ce qui leur permettra de s'épanouir et surtout de survivre.

Je poursuis sans attendre et sur le même ton afin de ne pas leur montrer que j'analyse déjà leur comportement :

— Dès demain et dans les semaines qui viennent, vous allez vous entraîner et apprendre beaucoup de techniques et de connaissances qui vous rendront capables de partir en mission à Utenau et dans les territoires sauvages.

Cette révélation déclenche des chuchotements dans la salle, que je ne laisse pas dégénérer :

— Oui, vous avez bien entendu, les territoires sauvages. Ini, la contrée de la terre, Nipi, celle de l'eau,

Ashku, celle de l'air et Ishku, celle du feu. Je sais que pour la plupart d'entre vous, ces régions ne sont que des noms associés à des légendes et des ragots. Mais n'ayez crainte, n'ayez pas peur de l'inconnu. Je vous garantis que vous serez formés pour y accomplir vos missions avec les meilleures chances de réussite.

Je continue mon allocution en leur détaillant le rythme de vie auquel ils vont désormais se plier. Il est strict, demande de la discipline, beaucoup d'entraînement et de nombreux cours théoriques, mais laisse également de la place aux loisirs. L'ordre des Lumenens n'a pas pour vocation de former des militaires à la guerre tels que ceux qui constituent l'armée de notre bon roi. C'est bien plus que cela. Nos membres constituent des troupes d'élite qui ont plus que quiconque foi en notre Lumière bienfaitrice. Leurs combats, ils les mènent avec leurs mains, mais aussi avec leur mental. C'est pourquoi nos élèves disposent de plusieurs moments dans la journée pour échanger leurs expériences ou tout simplement réfléchir. Il n'y a pas mieux pour favoriser la cohésion et l'ouverture d'esprit.

Lorsque vient le moment de clôturer mon discours, je brûle d'envie de leur exposer la situation du royaume. Le moins qu'on puisse dire, c'est qu'elle n'est pas brillante. Le spectre de la guerre noire hante mes pensées, et j'ai du mal à m'en détacher. Mais je me garde bien d'en parler. Il serait dangereux d'attiser leurs craintes. Il faut les laisser profiter de ce jour, comme j'en ai profité jadis. C'est la première étape de leur construction en tant que Lumenens. Pour eux, le temps des révélations viendra bien assez vite.

Narré par : **STELLA**

Chapitre 14

Le pari

— Hi, hi, je vais vous montrer… *Stellio Levitate !*

— Bravo, Stella, c'est très impressionnant ! applaudissent Ysabel, Nancy et Paul en observant le lézard léviter dans les airs.

— Bof, faire voler sur place un petit reptile n'a vraiment rien d'exceptionnel, contredit Victor. Laisse-moi le prendre dans ma main et je te parie que je peux le faire voler pour de bon à près de cinquante mètres.

— Tu n'es qu'une brute sans cervelle, Victor ! dis-je en fronçant les sourcils.

À cet instant, le petit lézard tombe par terre. Quelque peu sonné, il en profite néanmoins pour filer se cacher sous une pierre.

— Ha ha ha ! Et elle n'est même pas capable de le faire atterrir en douceur, ricane Victor.

— Je… je ne comprends pas, bafouillé-je. Je connais pourtant ce sortilège sur le bout des doigts. C'est la première fois que…

— C'est la colère, Stella, m'interrompt Ysabel. Elle t'a fait perdre ta concentration. Tu dois apprendre à maîtriser tes émotions. Tu te rappelles ? Tu m'as raconté que c'était le sujet du premier cours de Jéwéa dans ta classe de la loggia jaune.

Elle a raison, je me suis laissé emporter par ma colère. Que c'est stupide de ma part ! Mais il faut dire que Victor a le don de m'énerver quand il s'y met. Et depuis quelques semaines, c'est quasiment tous les jours que ça se produit. J'en arrive même à me demander si l'impolitesse et la grossièreté ne sont pas au programme de la loggia rouge.

Cela va bientôt faire deux mois que nous suivons l'entraînement. Ce n'est pas facile et le niveau que nous demandent nos instructeurs est très élevé, bien plus que ce que j'avais imaginé. Mais les efforts en valent la peine. Nous avons appris des tas de choses passionnantes dans chacune de nos disciplines et, personnellement, je suis très fière d'être la mieux notée de ma classe, car j'y côtoie des gens de tous les âges, y compris des adultes. Je me sens enfin à ma place et ma magie a même tendance à faire oublier mon âge. Il faut dire que lorsque je réussis à lancer un sortilège et eux non, ils n'ont pas d'autre choix que de reconnaître mon talent. Je dois avouer que c'est très plaisant.

Ysabel réussit pour sa part d'incroyables cascades. Hier encore, elle nous a fait une démonstration. Elle a fait le tour de la cour en un temps record et sans toucher le sol en s'agrippant à la charpente. Ses mouvements étaient si fluides et si gracieux qu'elle semblait voler. Même Victor en est resté bouche bée. Pourtant, c'est toujours le premier à se moquer ou prendre des paris stupides. C'est un garçon très mal élevé, mais je dois reconnaître qu'il progresse lui aussi. Dans l'art du combat à mains nues, il est maintenant capable de battre des adversaires colossaux en utilisant des techniques d'esquive qu'il maîtrise parfaitement. Ses muscles se sont également développés et il ne les cache pas. Je me demande même s'il ne fait pas exprès de les mettre en valeur lorsqu'il est avec Ysabel.

Chacun de nous travaille dur. Nos insignes sont déjà décorés de plusieurs marques de progression. Cette réussite nous fait grandir. Toutefois, elle a aussi un mauvais côté : nous commençons à tourner en rond. Plus les jours passent et plus le quartier général de l'ordre des Lumenens nous semble petit. Nous nous sentons aujourd'hui prêts à partir pour l'aventure, c'est notre désir le plus cher.

— C'est décidé. Cette nuit, je file en douce pour aller en ville, déclare Victor.

— Pourquoi veux-tu faire ça ? lui demandé-je, étonnée par son annonce. C'est stupide de risquer une sanction.

— Je suis certain que nos supérieurs ne nous disent pas tout, répond Victor. Ils nous cachent quelque chose, et je compte bien découvrir de quoi il s'agit.

— Qu'est-ce qui te fait penser ça ? interroge Ysabel d'une voix tempérée.

— Vous voyez bien que des dizaines de nouvelles recrues arrivent ici quotidiennement, explique Victor. Nous allons bientôt être si nombreux qu'ils seront obligés de construire des lits superposés pour nous loger. Les Lumenens recrutent massivement et ce n'est pas normal.

— Si c'est le cas, je prendrai le lit du haut, réponds-je en riant. Je déteste qu'on ronfle au-dessus de ma tête.

— Cesse de plaisanter, Stella, c'est sérieux ! gronde Victor.

— Arrêtez, vous deux, intervient Ysabel. Ce que dit Victor n'est pas faux. C'est même plutôt logique.

— Ah, tu vois, petite Stella, Ysabel est d'accord avec moi, renchérit Victor. Elle sait de quelle bouche sort la vérité, elle.

Il va me faire craquer, lui. Je prends une grande inspiration et lance d'une voix déterminée :

— Vous pouvez dire ce que vous voulez, je redis qu'il serait stupide de désobéir pour une simple balade au clair de lune. Je suis contre, un point c'est tout. Les consignes du seigneur Firo sont claires. Tant qu'aucune mission officielle ne nous est donnée, nous ne devons pas quitter le quartier général.

— Et c'est ce que nous allons faire, complète Ysabel. Je suis sûre qu'il y a un autre moyen d'en apprendre plus.

— Et lequel, chère Ysabel ? rétorque Victor sur le ton de la provocation.

— On n'a qu'à demander au seigneur Firo, tout simplement, proposé-je.

Victor éclate de rire et me pointe du doigt en gloussant comme un dindon enrhumé :

— Géniale, tu es géniale, Stella. Si tu n'y vois pas d'inconvénient, je te laisse accomplir cette mission en solo. Si tu réussis, je veux bien te remettre à genoux un insigne d'or de gardien suprême, ha ha ha!

Instantanément, mes joues rougissent de colère. Ce garçon est vraiment bête quand il s'y met.

— Mais non, idiot, je ne dis pas qu'il faut le lui demander comme ça en prenant rendez-vous. Je dis juste qu'il faut le forcer à nous révéler la vérité. Nous avons juste besoin...

— D'une monnaie d'échange, d'un argument qui ne pourrait lui laisser d'autre choix que de nous dire la vérité, complète Ysabel. Victor a raison : tu es géniale.

— Je n'ai pas dit ça dans ce sens-là, bougonne Victor.

Le sourire accompagnant les mots d'Ysabel et la grimace vexée de Victor forment une scène très drôle.

— Merci, Ysabel, dis-je en laissant paraître un sourire en signe de respect.

Mais Victor n'est pas du genre à s'avouer vaincu. Il se ressaisit et revient aussitôt à la charge :

— Et à quel argument penses-tu, géniale Stella?

S'il croit me clouer le bec, il se trompe. J'ai parfaitement préparé ma réponse.

— Contrairement à toi, Victor, je passe beaucoup de temps dans la bibliothèque. Là-bas, j'y croise souvent le seigneur Firo. J'ai remarqué qu'il consulte beaucoup d'ouvrages traitant de la guerre noire et de l'Ombre.

— Tu parles de la divinité maléfique, Stella? demande Ysabel, très intéressée.

— Oui, et je suis persuadée que tout ce qui se passe en ce moment, les recrutements, les entraînements intenses, les interdictions de sortir, est lié à ça. J'ai observé le seigneur Firo à chaque fois que j'en avais l'occasion. Lorsqu'il est seul, il a l'air préoccupé, inquiet. C'est forcément lié à la sombre divinité et à la guerre noire. J'ai même lu dans un ouvrage divinatoire des prédictions annonçant une vengeance de l'Ombre.

— Mais c'est de l'histoire ancienne, ma petite, rabroue Victor. Même moi qui n'ai pas eu la chance d'aller à l'école, je le sais. Aujourd'hui, les choses sont complètement différentes.

La cloche annonçant la reprise des cours se met à sonner. Tout en me concentrant pour contenir ma colère envers Victor, je remarque Ysabel, qui prend un air songeur. Elle finit par déclarer :

— En es-tu convaincu, Victor, ou dis-tu ça pour te rassurer ?

— J'en suis persuadé, répond-il fermement.

— Alors ça mérite bien un pari. Ton avis contre celui de Stella, qu'en penses-tu ?

— Pari tenu ! se réjouit Victor. Le perdant devra fournir le gagnant en biscuits pendant une semaine.

— Et comment allons-nous savoir qui a gagné, demandé-je, quelque peu étourdie par la proposition de mon amie.

Ysabel se met à rire et lance en empoignant amicalement nos épaules :

— Il n'y a qu'une façon de le savoir, c'est de poser la question au seigneur Firo au bon moment.

Chapitre 15

Enquête nocturne

Encore quelques nœuds dans ces couvertures et je pourrai les utiliser pour descendre ce fichu mur. Je n'ai aucune envie que mes questions restent sans réponse pendant que les filles cherchent désespérément le meilleur moyen pour soustraire des informations à Firo. À chacun sa stratégie. Moi, j'opte plutôt pour quelque chose de plus efficace : l'action. Il est grand temps d'aller visiter Utenau. La vie m'a appris que c'est souvent une fois la nuit venue que les vraies informations circulent.

Ma corde de fortune terminée, j'en attache solidement une extrémité, jette l'autre dans le vide et débute ma descente du mur qui sépare la fenêtre de ma chambre de la ruelle. C'est un jeu d'enfant pour moi, un garçon de la rue. Pour cette petite virée nocturne, je me suis doté du *kit* de parfait enquêteur. Je me suis vêtu d'une tunique sombre, d'un petit capuchon pour camoufler mon âge et, bien sûr, de quelques lums qui s'avèrent toujours utiles en ville. Il ne me manque que Pif et Paf. Toutefois, j'ai pris soin de dévisser un pied de chaise pour me défendre en cas de besoin.

Beaucoup me qualifieraient d'imbécile de sortir seul la nuit en ne respectant pas le couvre-feu. Ha ha. C'est plus fort que moi. J'adore enfreindre les règles. Mais je ne suis pas fou quand même. Je suis conscient du danger et il n'est pas question d'y aller seul. Évidemment, je n'ai pas parlé aux filles de cette aventure nocturne. Elles n'ont pas les aptitudes appropriées pour ce genre de mission. J'ai plutôt opté pour un collègue de la loggia rouge. Fred est à peine plus âgé que moi et nous avons beaucoup de points communs. Passionné d'aventures, courageux, ce blondinet plein d'humour est surtout animé par une immense curiosité.

Tiens, le voilà justement qui attend caché dans l'ombre.

— C'est bien toi, Fred ? demandé-je en chuchotant.

— Non, c'est Firo. Qui tu veux que ce soit ? Tu en as mis un temps.

— Je manquais de couvertures pour bricoler ma corde. J'ai dû en piquer deux à Stella pendant qu'elle dormait.

Nous ricanons.

— Que fais-tu avec ta patte de chaise ? demande Fred avec son sourire moqueur.

— C'est pour t'assommer si tu n'arrêtes pas avec tes questions.

Nous pouffons de rire de nouveau.

Après quelques farces de garçons dépourvues de sens, nous décidons de commencer notre enquête.

Notre première destination est un endroit appelé «Atik». C'est une charmante petite auberge, en plein cœur de la ville. C'est moi qui ai choisi cet endroit, car c'est le plus fréquenté de jour comme de nuit, mais pour des raisons fort différentes. Autant le jour l'ambiance est chaleureuse, festive et l'accueil, remarquable, autant la nuit c'est une tout autre histoire. Après le souper, l'auberge est dirigée par un homme bedonnant très poilu, mal habillé et servant avec la courtoisie d'un éléphant.

L'endroit se résume à une charpente en bois délabrée, un plancher défraîchi et quelques petites tables rondes occupées par des narpéens déjà enivrés. Bien qu'elle soit très colorée, la décoration laisse à désirer. Des peintures représentant des scènes de guerre sont disposées le long des murs mal éclairés par des lanternes cabossées ayant pour la plupart rendu l'âme.

À notre arrivée, nous essayons de nous faire discrets et prenons place à une table au fond sans déranger l'aubergiste. Mais après quelques cris remarqués de l'homme-ours, nous nous empressons de commander chacun un «Reflet», la boisson bleutée la plus populaire à Utenau.

— Et maintenant, comment on procède? demande Fred.

— Commençons par écouter les conversations autour de nous. À cette heure, les gens sont loin d'être discrets.

Effectivement, le lieu est bondé de gens et le moins qu'on puisse dire est qu'ils n'ont pas la langue dans leur poche.

— On cherche quoi exactement, Victor?

— Des informations. Tout ce qui pourrait annoncer la vengeance de l'Ombre ou la venue d'une divinité maléfique.

— Ouin! Pourrais-tu être moins clair? Parce que là, tu es si précis que je me sens inutile.

Fred est un grand blagueur. Ses répliques dénuées de sens me font toujours rire.

— Victor, tu es conscient que nous écoutons des gens complètement ivres. Tout ce qu'ils bafouillent n'est que racontars et légendes.

— Oui, mais derrière chaque légende, il y a une parcelle de vérité.

— Ah oui! Et qui a dit ça?

— Eh! Moi.

Nous rions aux éclats.

Peu après, nous tendons l'oreille. Notre attention est vite dirigée vers une table non loin de nous. Des hommes discutent d'une ombre à la forme humaine qui aurait été aperçue il y a quelques jours dans les rues d'Utenau. Selon le conteur, cet individu aurait désarmé et mis en fuite une dizaine de vauriens qui en voulaient à sa bourse d'un simple claquement de doigts. Il en arrive vite à la conclusion que l'ombre serait le mystérieux être vêtu de noir et aux pouvoirs démesurés à l'origine de la guerre noire il y a cinq cents ans. Écoutant attentivement la suite, je n'apprends malheureusement rien que je ne sache déjà sur cette légende. Stella me l'a déjà racontée à plusieurs reprises dans les moindres détails. Elle ne peut pas s'empêcher d'étaler sa science, celle-là. Pourtant, cette ombre mystérieuse excite ma curiosité.

Un peu plus tard, au milieu du brouhaha de l'auberge, nous interceptons une autre conversation intéressante. Les gens à la table à notre gauche discutent des créatures des territoires sauvages. D'après l'un des hommes, certaines créatures posséderaient le pouvoir de se transformer en humains.

— Tu as entendu ça, Victor ? s'exclame Fred.

D'après ce même homme, la seule faiblesse de cette transformation correspondrait à une petite tache brunâtre sur la nuque des individus.

— Si c'est exact, ça veut dire que des créatures transformées font probablement partie des clients de cette auberge, murmure Fred. Qui nous dit que cet homme à la grosse barbe n'en est pas une ?

— Est-ce que c'est moi ou cette situation est plutôt insolite ? Regarde bien le type qui raconte l'histoire de la tache brunâtre. Il possède de nombreuses taches de saleté sur le visage. Est-il au courant que s'il devient trop crédible, il va finir sur le bûcher ?

Fred s'esclaffe en expulsant sa gorgée de Reflet. Il faut dire que je me trouve également très drôle.

Après avoir repris nos esprits, nous tendons de nouveau l'oreille. La table à notre droite parle de frères démons. D'après eux, deux hommes-démons venus d'Ishku seraient arrivés à Utenau dans la journée pour y commettre des méfaits. Ils auraient pris forme humaine, mais on pourrait les reconnaître grâce à leur chevelure bleutée et à leur immense taille.

— Je crois que nous avons quelque chose d'intéressant ici, remarque mon camarade.

Curieux de nature, Fred demande au serveur s'il a eu vent de deux individus comparables à cette description. À notre grande surprise, il nous informe que deux jumeaux seraient justement hébergés ici, à Atik.

Le visage de Fred se décompose soudainement. Je crois ne l'avoir jamais vu aussi songeur et inquiet.

— Tu as entendu, Victor ? panique-t-il. Les démons sont ici !

À peine a-t-il fini sa phrase que nous sommes interrompus par le gros serveur qui empoigne l'épaule de Fred :

— Justement, les voici, gronde-t-il.

La scène qui s'ensuit nous fait d'abord écarquiller les yeux de surprise avant de nous faire rire à en perdre notre souffle. Les deux jumeaux en question sont des vieillards chétifs, tout petits et sont rousselés de partout. Il y en a même un qui utilise une vieille branche de noisetier en guise de béquille. Toutefois, les rares cheveux qu'il leur reste sont effectivement bleutés.

— Dégaine ton épée, Fred, voilà tes démons ! Lancé-je, les larmes aux yeux.

Une fois remis de nos émotions, Fred et moi faisons le point sur les informations recueillies. Nous n'avons finalement que de vieilles légendes locales à nous mettre sous la dent : une ombre sans visage aux mystérieux pouvoirs, des créatures transformées aux nuques tachées et de vieux jumeaux bizarres à la stature largement surestimée.

— Bravo, belle investigation, Victor ! ironise Fred.

— Ouin, j'ai déjà fait mieux...

Bref, nous n'avons peut-être pas découvert beaucoup d'indices sur la situation de la ville, mais je dois avouer que j'ai passé un incroyable moment. Ces longues soirées sans fin remplies de rires loufoques me manquent beaucoup depuis que j'ai rejoint l'ordre des Lumenens. Peut-être devrait-on instaurer quelques soirées secrètes au quartier général?

Toutes ces émotions nous ont fait oublier la notion du temps. Lorsque nous nous levons pour quitter Atik, nous nous rendons compte que le soleil n'est pas loin de se lever.

— Dépêche-toi, Fred, il va bientôt faire jour! déclaré-je en prenant les devants.

C'est alors qu'un vieil homme muni d'une grande robe noire s'interpose entre la porte et moi.

— Je sais pourquoi tu es ici, Victor, dit-il d'une voix rauque et à peine perceptible.

— Quoi?

— Tu trouveras ce que tu cherches à Matau, la forge des gobelins.

— La for… Mais co… comment savez-vous mon nom?

Surpris, je tourne la tête vers mon camarade pour l'interpeller :

— Fred, viens vite!

Je me retourne aussitôt vers le vieil homme et là, je m'aperçois qu'il n'est plus là.

— Mais qu…

— Qu'est-ce que tu as, Victor? demande Fred. Tu fais une drôle de tête. Bon, tu as toujours une drôle de tête, mais là, ça empire.

— Tu as vu ce vieil homme?

— Mais quel vieil homme? Je ne vois qu'une porte. Tu vois des fantômes maintenant? Remarque, ça peut expliquer ta drôle de tête.

— Arrête, je sais ce que je dis.

Je balaye du regard tous les recoins de l'auberge. Fred s'amuse de mon attitude, mais je suis bien trop dérouté pour y prêter attention. Aucune trace de lui. L'individu s'est volatilisé. Ai-je trop abusé de Reflet ?

Reprenant mes esprits, je comprends devant les moqueries de Fred qu'il est inutile de débattre plus longtemps du sujet.

— J'ai dû rêver, finis-je par conclure d'un air faussement confus.

Dehors, le ciel étoilé commence déjà à s'éclaircir. Il faut nous dépêcher de rentrer au quartier général si nous voulons éviter de nous faire pincer.

Un peu plus tard, c'est l'esprit tourmenté par cette étrange rencontre que je regagne ma chambre dans la plus grande discrétion. Nous sommes passés juste. Le chant du coq retentit déjà dans la rue.

Chapitre 16

Les jumeaux de Matau

La matinée a été rude. Cette nuit blanche passée à Atik m'a beaucoup fatigué. En cours de maniement du bâton, j'ai même laissé tomber mon arme plusieurs fois, ce qui a beaucoup surpris mes camarades et m'a valu quelques railleries. Seul Fred est resté discret, visiblement aussi fatigué que moi. À la pause, Ysabel et Stella ont tout de suite remarqué les traits tirés de mon visage. Poussé à bout par leurs questions, j'ai fini par prétexter une nuit agitée à cause de maux d'estomac. Je n'en suis pas très fier, mais cette explication a convaincu les filles, ce qui est le principal. J'en ai juste été pour une moquerie de Stella, qui a dit que je mangeais comme un goinfre. Il n'était bien sûr pas question de leur avouer la véritable raison de mon état, sinon j'aurais droit une nouvelle tirade sur les méfaits de la désobéissance.

Maintenant, après un copieux repas, une petite sieste et une bonne après-midi d'entraînement à la hache, je me sens beaucoup mieux. À vrai dire, mes pensées sont focalisées sur les paroles du vieil homme de la nuit dernière. Impatient, j'ai convaincu Fred de m'accompagner ce soir à la forge des gobelins. Ça n'a pas été très difficile. Fred est comme moi, friand d'aventure. Bien sûr, j'ai fait abstraction de certains petits détails comme le fait que cette idée m'ait été dictée par l'homme-fantôme. En tant que guerriers, Fred et moi ne croyons pas vraiment à la magie. La plupart du temps, ce sont des imposteurs et des charlatans qui la pratiquent. Force, agilité et ruse, voilà ce qui compte. Malgré cela, cette fois-ci, c'est différent. Sans vraiment comprendre le pourquoi de la chose, j'ai la conviction que je dois y aller. Et puis la perspective d'enfreindre une fois de plus les règles établies me redonne de l'énergie. C'est un très bon remède contre la fatigue.

Le moment venu, toujours muni de mon costume d'explorateur nocturne, j'empoigne mon petit *kit* de crochetage, souvenir de mon enfance, et amorce la descente du mur de ma chambre. Je suis excité par la curiosité. À peine arrivé en bas, un bruit de pas me paralyse.

— C'est bien toi, Fred ? murmuré-je, la main sur mon barreau de chaise.

— Non, c'est Adalric Iᵉʳ, qui est venu te proclamer chevalier suprême pour ne pas avoir respecté le couvre-feu.

— Ouin ! Ce n'est pas très drôle ça. Tu crois qu'on ne devrait pas y aller ?

— Bien sûr qu'il faut y aller. Qui n'est pas curieux de voir le repaire de ces gobelins ? Nous serons peut-être les premiers à découvrir qu'ils sont en fait des monstres atroces venus tout droit de l'enfer.

— Nous ne serons peut-être pas les premiers à le découvrir, mais nous serons les premiers à en revenir vivants.

Ces paroles me font sourire. Je n'ose même pas imaginer la réaction de Stella si j'avais lancé cette réplique devant elle. Ha ha ha !

Alors que nous marchons sur les pavés luisants de rosée, j'apprécie le silence qui nous entoure. Rien n'est plus réconfortant qu'une douce nuit étoilée dans les rues d'Utenau. J'aime cette sensation de devoir être constamment en alerte pendant que je brave les interdits. Pour beaucoup cette situation provoquerait un stress désagréable, mais chez moi elle produit l'adrénaline suffisant à mon bonheur.

— Hé, Victor ! lance Fred avec la délicatesse qu'on lui connaît. Tu fais quoi, là ? Lâche les étoiles et reviens sur terre.

— Chut ! On va t'entendre.

— N'essaye pas de t'en sortir, espèce d'explorateur lunaire.

Quelques ruelles plus loin, nous apercevons Matau. Ça s'annonce compliqué, mais je m'y attendais. Bien que la forge soit fermée à cette heure tardive, les lieux sont protégés par deux gardes. Il faut dire que c'est ici que sont fabriqués tous les lums du royaume. Un trésor considérable doit dormir derrière ces murs, et il faut bien prendre des mesures pour dissuader les voleurs.

— Et maintenant, comment on procède ? demande Fred. On les assomme ?

— Tu es fou, ce sont des gardes royaux !

— Bien sûr que je suis fou, rétorque Fred. Bon sérieusement, tu suggères quoi ?

Peu inspiré, je réponds néanmoins spontanément pour ne pas perdre la face :

— Euh… essaie de distraire les gardes. Une fois la voie libre, je vais voir si je peux entrer dans cette forteresse.

— Méchant plan, commente Fred en feignant l'étonnement. Tu as dû réfléchir très longtemps pour l'établir. Je suis vraiment impressionné.

— Tu veux qu'on inverse les rôles, Fred ?

— Non ! Je te taquine, rassure-toi. Je vais m'occuper des gardes. Moi aussi j'ai un plan.

Fred s'engage dans la ruelle voisine dans un silence absolu. J'avoue que quand il s'applique, celui-là, c'est incroyable ce qu'il arrive à faire. Quelques instants lui suffisent pour mettre son plan à exécution.

— Glouap ! Haoup ! Tchioup ! Wizziii !

Je ne sais pas trop ce qu'il fait, mais ça semble fonctionner. Agacés par ces bruits étranges, les gardes s'éloignent de la porte centrale.

C'est à moi ! Je dois agir vite, car je n'ai pas beaucoup de temps. Les gardes royaux sont tout sauf idiots. Ils constateront rapidement leur erreur. J'empoigne mes outils et me mets au travail. Les cours de crochetage ne sont pas au programme, mais j'ai passé ma vie dans la rue et ce talent fait partie de ceux qu'il faut avoir si on veut survivre. L'obscurité ne me facilite pas la tâche et je commence à m'énerver, car la serrure ne veut pas céder.

— Ce mécanisme ne va quand même pas être plus fort que moi! marmonné-je.

Enfin, un cliquetis me redonne de l'espoir. Mais ma joie est de courte durée. Le sol se dérobe soudainement sous mes pieds et je tombe dans le vide! Je glisse irrémédiablement sur une pente vertigineuse. J'ai beau agiter mes bras et mes jambes pour tenter de ralentir ma chute, rien n'y fait.

— Ouch!

Mes fesses aboutissent lourdement sur de la pierre froide. Il fait complètement noir. Quelque peu vexé de m'être fait ainsi surprendre, je me relève aussitôt. Tâtonnant mon environnement proche, je comprends que je suis prisonnier d'une cage d'acier dont les barreaux vont du sol au plafond. Mon premier réflexe est d'examiner avec soin les barreaux afin de les tordre. Mais je me rends très vite compte qu'ils sont très solides. « Bien joué, Victor », ironisé-je intérieurement. Mais il est hors de question que je me résigne à rester ici. Mon expérience citadine m'a appris qu'il y a toujours une façon de s'en sortir, aussi désespérée soit la situation. Mais j'ai beau examiner tous les barreaux et les recoins, rien n'y fait. J'en arrive malheureusement à la conclusion que cette prison n'a pas de faille.

— Je suis fichu, dis-je dans un soupir désespéré.

Je regrette vraiment d'être venu ici. Qu'est-ce qui m'a pris? Je peux être idiot, parfois. Le commandant Firo va sûrement me renvoyer. Et ça, c'est peut-être la meilleure chose qui puisse m'arriver, car ça voudrait dire que je vais sortir d'ici vivant. Pourquoi a-t-il fallu que j'écoute un fantôme? « Bravo, Victor », grogné-je intérieurement. Tandis que je serre mes poings sur les barreaux, mon cœur s'emballe et la panique me gagne. Mais tout à coup, je me rappelle que je ne suis pas seul. Oui, Fred est dehors ! Brillant et débrouillard comme il est, il va me sortir de là. D'ailleurs, je suis sûr qu'il est déjà en action. Je l'imagine déjà entrer ici avec la clé de cette satanée cage. Mon espoir refait surface. Je dois juste patienter un peu.

Soudain, un bruit ressemblant à celui d'un gros sac de pommes de terre glissant sur la pierre retentit au-dessus de moi.

Pouf !

Je suis bousculé par une masse qui me projette contre les barreaux de la cage.

— Ouille, quelle chute ! dit une voix. Tu es là, Victor ?

Catastrophe, Fred est tombé dans le même piège que moi ! En un instant, mes espoirs d'évasion disparaissent de mes pensées.

— Tu t'es fait avoir toi aussi, Fred ?

— Non, c'est une visite de courtoisie, répond-il.

Comment arrive-t-il toujours à plaisanter, celui-là ? Cette situation devrait me faire paniquer. Pourtant, je me sens plutôt calme. La seule présence de mon ami me permet étonnamment de mieux me préparer à affronter la suite. Depuis que je suis rentré dans l'ordre des Lumenens, j'ai gagné des camarades que je côtoie quotidiennement. C'est très différent de ce qu'était ma vie avant. Dans la rue, mieux valait ne compter que sur soi. J'avais bien quelques connaissances privilé-giées que je voyais régulièrement, mais ça s'arrêtait là. Maintenant, avec des gens comme Ysabel, Stella ou

Fred, je me sens épaulé, plus confiant. Peut-être est-ce ça qu'on appelle « l'esprit d'équipe » ?

— Sacré glissade, déclare Fred. Tu sais, Victor, Stella m'a expliqué un jour que ces satanés gobelins sont les rois des pièges.

— Et c'est maintenant que tu me le dis.

— Tu me dis toujours qu'elle raconte n'importe quoi juste pour se rendre intéressante. Je ne l'ai pas crue. Et puis, qui se spécialise en piège de nos jours ?

— Les gobelins, il faut croire.

— Ouin. Et maintenant, c'est quoi le plan ?

Je n'ai pas à réfléchir bien longtemps. Une petite porte s'ouvre soudainement en grinçant, déversant dans la pièce un filet de lumière. Une créature pas plus haute que quatre pieds apparaît dans l'embrasure. Elle a la peau verdâtre, un ventre bedonnant et ses oreilles sont longues et pointues. Elle trimballe un énorme marteau sur son épaule. C'est un gobelin, ça ne fait aucun doute. À notre vue, son visage s'illumine d'un grand sourire malicieux et il hurle d'une voix aiguë :

— Viens voir, Truf ! On a attrapé quelque chose !

Des bruits de pas précipités se font entendre. La copie conforme du premier gobelin apparaît à son tour sur le pas de la porte. La ressemblance est déroutante.

— Est-ce moi ou nous avons affaire à des gobelins jumeaux ? murmure Fred.

— Je ne sais pas, Fred, mais chose certaine, ils sont aussi laids l'un que l'autre.

Le second gobelin s'avance d'un pas hésitant et nous observe minutieusement.

— C'est des voleurs, lance-t-il. Je suis certain qu'ils sont venus pour nous voler nos lums d'or.

— Qu'est-ce qu'on fait d'eux, Truf ?

— Nous allons les traiter comme les derniers, Trouf. On va les transformer.

Cette dernière réplique me fait sursauter :

— Transformer ? Non ! Attendez ! Nous ne sommes pas des voleurs, nous sommes des Lumenens !

— Et où sont vos insignes, espèce de bandits, demande Truf d'un air incrédule.

Effectivement, habillés comme nous le sommes, rien ne laisse penser que nous sommes des Lumenens. Peut-être aurions-nous dû emporter nos insignes. Bon, ce qui est fait est fait. Ne paniquons pas et essayons autre chose.

— Nous sommes en mission secrète pour Adalric Ier, déclaré-je. Le roi est très inquiet, car il a eu vent d'un projet de cambriolage de Matau. Il nous a donc envoyés ici pour tester la sécurité de votre bâtiment.

« Ça devrait marcher », me dis-je.

— Ha ha ha ! s'éclaffe Truf. Eh bien, on peut dire que vous n'êtes pas vraiment doués comme voleurs.

— Il n'a pas tort, Victor, ricane Fred, oubliant probablement la situation précaire dans laquelle il se trouve lui aussi.

— Ma foi…

Voyant mon embarras, le gobelin lance haut et fort :

— Transformons-les !

— Attends, Truf ! coupe son jumeau. Tu ne trouves pas que celui-là ressemble au type du livre ?

Les deux gobelins se remettent à me scruter minutieusement, oubliant complètement la présence de Fred.

— Non, ce n'est pas lui, confirme Truf.

— Si, si, regarde bien la forme de sa tête, explique Trouf avec une gestuelle plutôt bizarre.

— Qu'est-ce qu'elle a, ma tête ? m'exclamé-je en me tâtant les joues.

— Hé, Victor, murmure Fred. Voilà une occasion qu'il ne faut pas louper.

— Je ne suis pas cert…

— C'est bien lui ! annonce Fred sans même me laisser le temps de finir mon argumentation.

— Ah, tu vois, Truf, je te dis que c'est lui, renchérit Trouf.

Fred profite de la situation. Il bombe le torse et déclare sur un ton autoritaire :

— Imaginez maintenant la réaction du roi s'il apprenait que vous l'avez enfermé. Libérez-nous, et nous oublierons ce malheureux accident.

Il faut avouer que Fred est plutôt crédible dans ce rôle. Personnellement, comme nous n'avons aucune idée de la personne avec qui les gobelins me confondent, j'aurais évité de parler du roi. Mais mon camarade a un sens inné du bluff. Aux cartes, il est imbattable. Je rentre donc dans son jeu en toute confiance et commence à regarder les gobelins avec un air légèrement dédaigneux, comme si je me sentais légitimement supérieur à eux.

— Prouvez-le, défie Truf en affichant un visage incrédule.

Jusqu'à maintenant, ça allait bien. Mais là, ça se complique.

— Nous vous l'avons dit, argumente Fred sans se démonter. Nous sommes en mission secrète pour le roi.

— Oui, nous testions la sécurité du bâtiment, ajouté-je. Nous avions pour mission de nous y introduire discrètement.

— Alors, pourquoi crocheter la serrure de la porte principale ? Ce n'est vraiment pas malin, insiste de nouveau Truf.

Oh non, encore cette foutue porte…

Malgré notre acharnement désespéré pour tenter de les convaincre, je vois bien que les gobelins ne sont pas dupes. Je vois mal comment nous allons les empêcher de mettre leur plan à exécution. Cependant, je suis curieux de savoir en quoi consiste cette « transformation ». Cela dit, il est peut-être préférable de ne pas trop poser de questions.

Sans même réfléchir, j'interviens :

— Alors, pourquoi ne pas aller chercher le livre ? Vous aurez ainsi la preuve que vous demandez.

— Prouver quoi ? me murmure Fred.

— Je n'en ai aucune idée, mais ça nous fait gagner du temps.

Ma dernière réplique sur le livre semble avoir fait mouche. Les gobelins semblent perturbés et hésitants. Ils se mettent à l'écart et s'engagent dans une discussion des plus animées.

— Victor, tu comprends ce qu'ils disent ? me demande mon camarade.

— Non, mais j'arrive à lire quelques mots sur leurs lèvres.

— Ah, tu sais faire ça, toi ?

— Eh oui.

— Je m'en souviendrai, ça pourrait me servir. Et tu attends quoi pour me dire ce que tu lis ?

— Ils parlent d'un livre perdu. Non, attends... d'un échange avec un diamant, et puis aussi d'un marchand ambulant.

— Mais c'est n'importe quoi ce que tu dis.

— Eh, tu as déjà essayé de lire sur des lèvres flasques d'un gobelin, toi ?

Après plusieurs minutes de débat, les gobelins reviennent vers nous d'un pas déterminé.

— Nous avons quelque chose à vous proposer, lance Trouf.

— Nous vous écoutons, réponds-je.

— Il y a quelques jours, nous avons eu la visite d'un marchand ambulant portant le nom de Pit. Nous avons troqué le livre contre un petit diamant. Il s'avère maintenant qu'après réflexion, nous voulons annuler cet échange.

— Et qu'attendez-vous de nous ? demande Fred.

— Nous allons vous confier le diamant et vous irez le rendre au marchand en échange de notre livre.

— Si j'ai bien compris, s'emballe Fred, vous allez nous libérer avec le diamant pour effectuer cette transaction ?

— Non, pas toi, seulement l'humain à la drôle de tête, répond Truf. Quand nous aurons le livre, nous te libérerons.

Nous demandons aux gobelins de nous laisser seuls quelques minutes afin de discuter. Ils retournent au coin de la salle et font mine de faire autre chose. Mais je vois bien à leur attitude qu'ils tendent leurs oreilles pointues pour nous écouter. Nous chuchotons :

— Je ne comprends pas leur réaction, Victor. Sont-ils assez fous pour te laisser partir avec un diamant ?

— Je pense que ces petites créatures sont beaucoup plus malignes qu'elles le laissent paraître. Je crois que ton histoire de roi a semé le doute dans leur esprit et ils ne veulent pas prendre de risques. À mon avis, cette histoire d'échange n'a rien à voir avec le livre, mais ils veulent tout simplement tester ma loyauté. Le diamant d'ailleurs doit être un faux. Jamais des gobelins ne laisseraient partir un humain avec un objet de si grande valeur. Donc pour eux, si je suis bien le fameux type du livre, je tiendrai parole et je reviendrai. Si je suis le brigand qu'ils me soupçonnent d'être, je me sauverai avec le faux diamant en te laissant entre leurs mains. Dans les deux cas, ils sont gagnants. Tu comprends ?

— Oh, rappelle-moi lequel des deux types tu es, s'il te plaît.

— J'hésite. Je vais évaluer la valeur du diamant avant de te répondre.

— Quoi !

— Ne t'inquiète pas, je te taquine.

Fred et moi sourions. Nous échangeons un dernier regard afin de nous prouver notre confiance mutuelle et interpellons les gobelins pour leur annoncer notre décision :

— J'accepte avec joie, déclaré-je. Mais promettez-nous que vous tiendrez parole.

— On n'a pas à promettre quoi que ce soit à des voleurs, lance Truf.

Bon, ce n'est pas tout à fait la réponse que j'espérais, mais je vais faire avec. En vérité, je n'ai pas vraiment le choix.

— Une dernière question, dis-je, expliquez-moi à quoi ressemble ce livre.

— Il est bl…, commence à répondre Trouf, qui est aussitôt interrompu par son jumeau :

— Chut, Trouf ! Il doit le savoir vu que c'est sa famille qui l'a écrit.

Je n'aurai donc pas ma réponse, mais j'en conclus que c'est un livre bleu ou blanc. À moins qu'il ne soit bicolore. Peut-être bleu et blanc, ou bleu et rouge, ou encore blanc et rouge, ou bien… Bon, je suis sûr qu'il n'est pas tout noir, c'est déjà mieux que rien.

Les gobelins me font sortir de la cage. Une fois dehors, j'adresse un clin d'œil à Fred pour le rassurer. Le voir derrière ces barreaux ne me plaît pas du tout. Je quitte la salle encadré par les deux créatures. Truf m'indique alors un chemin secret qui me permettra d'éviter les gardes à mon retour. Ce chemin aboutit directement dans l'arrière-cour de la forge.

— À ton retour, quand tu arriveras dans la cour, frappe sur le gros chêne, explique Trouf en me confiant le diamant. Nous t'ouvrirons le passage. C'est compris ?

— Juste frapper ?

— On a dit frapper, pas tapoter, pas dorloter ? C'est simple ça, même pour un humain, non ? ironise Truf.

— J'ai compris. Ne vous inquiétez pas, je sais frapper fort.

Et je m'engage finalement dans le passage, pas mécontent de quitter, même provisoirement, ces faces de citrons verts qui ricanent dans mon dos. Moi qui rêvais de réaliser ma première mission en tant que Lumenen, me voilà embarqué dans un troc pour le compte de deux gobelins avec en prime la responsabilité de la vie de mon camarade. J'aurais peut-être mieux fait de rester sagement dans mon lit cette nuit…

Chapitre 17

Le livre mystérieux

P it, le marchand ambulant dont ont parlé les gobelins, ne m'est pas inconnu. C'est loin d'être un ami
intime, mais sa réputation le précède. Pit est un vieil
aventurier qui s'est reconverti dans le troc itinérant. Il
promène sans cesse sa carriole à travers le royaume et
échange des objets avec les clients qu'il rencontre. On
dit que son vieux chariot regorge toujours de décou-
vertes des plus surprenantes. Lorsqu'il est à Utenau,
il se gare toujours près du marché. Sinon, il est dans
les territoires sauvages à la recherche de nouvelles
trouvailles. Espérons qu'il soit en ville, car dans le cas
contraire, cette aventure risque d'être compliquée.

Je prends donc le chemin du marché en croisant
les doigts pour y trouver le vieux Pit. Habitué aux
balades nocturnes dans les rues d'Utenau, je ne me
sens pas du tout dérangé par l'ambiance à la fois calme
et étrange qui y règne. Chemin faisant, j'en profite

pour réfléchir à mes options. Je pourrais aller voir Firo et lui révéler la situation. Il interviendrait rapidement auprès des gobelins et ferait libérer instantanément Fred. Cependant, nous serions réprimandés, peut-être même congédiés. Je ne peux pas prendre ce risque après tous mes efforts. Je pourrais demander de l'aide à Ysabel et Stella. Avec l'agilité d'Ysabel et les tours de passe-passe de Stella, nous parviendrions sûrement à délivrer Fred. Malheureusement, je suis certain que les filles ne voudront pas enfreindre les règles. Au pire, Stella pourrait même tout rapporter à Firo, ce qui ficherait tout par terre. Je n'ai donc pas le choix. Je dois ramener ce livre aux gobelins en espérant qu'ils tiennent parole.

Le problème est de savoir comment je vais m'y prendre. Je suis convaincu que ces gobelins sont beaucoup plus intelligents qu'on ne le pense. Et si c'est le cas, ils ne se contenteront pas du livre, mais bien de la façon dont je l'ai obtenu. Ça leur donnerait la preuve que je suis bien le fameux homme du livre. Je pourrais très bien procéder comme le ferait toute crapule de la rue, dérober le livre sans réveiller le vieux Pit et garder le diamant pour moi. Mais cette manière ne serait par digne d'un Lumenen et encore moins d'un héros de livre. Je pourrais aussi dérober le livre et lui laisser le joyau, comme le ferait un honnête voleur. Ça paraît être un bon compromis. Mais imaginons un instant que les gobelins aient menti et qu'il n'y ait jamais eu de troc. Et en plus, s'il s'avère que ce diamant est faux, le laisser au marchand serait un acte provocateur. Non, je n'ai pas le choix. Je dois agir comme un vrai Lumenen et discuter avec le vieillard.

Rendu au marché, je balaye les alentours du regard. Tout est calme. J'aperçois rapidement la caravane de Pit.

— Ouf, elle est bien là.

Elle est éclairée par une vieille lampe à pétrole, ce qui me permet de l'observer dans ses moindres détails. C'est un chariot bâché très âgé, à bout de souffle. Il est ceinturé de bidons de lait cabossés et de vieux tonneaux remplis à ras bord d'objets de toutes sortes. La bâche lui servant de toit est parsemée de trous et de déchirures laissant entrevoir le désordre qui règne à l'intérieur. Cette antiquité ambulante est traînée par un mulet malpropre. L'animal qui était en train de somnoler semble m'avoir aperçu et commence à s'exciter.

— *Hi han !*

Tandis que le braiement du mulet s'amplifie, je me précipite derrière le chariot. J'écarte un vieux tapis poussiéreux servant de porte et aperçois un vieil homme aux rides très prononcées tenant à la main un couteau et un engin que je n'arrive pas à identifier.

— Va-t'en, s-s-s-sale voleur ! bégaye le vieil homme d'un air menaçant. Tu vois ce t-t-t-truc, c'est un k-k-k-klaxon. Si tu a-a-a-avances d'un seul pas, j'a-a-a-a-alerte les gardes.

— Non, attendez ! Je suis un Lumenen.

— Montre-moi ton in-in-in-insigne.

Oh non, encore les foutus insignes…

— À vrai dire, je ne suis pas en fonction. Malgré cela, je rends service aux gobelins de Matau : Truf et Trouf. Ils veulent récupérer leur livre.

— Quoi, à c-c-c-cette heure! Dis-leur que je n-n-n-n'ai pas encore trouvé le m-m-m-m-moyen de le désenvoûter.

Désenvoûter? Eh bien, voilà qui est intéressant. Je brûle d'en savoir davantage.

— Je ne suis pas au courant de tous les détails de votre arrangement, précisé-je. Aviez-vous un délai et vous ont-ils payé pour vos services?

— Ils m'ont d-d-d-donné cinq lums et ils m'ont p-p-p-promis de me redonner cinq autres lums si j'a-a-a-arrivais à le d-d-d-désenchanter.

— Et de quelle sorte de sortilège s'agit-il?

— Quoi, vous êtes m-m-m-magicien? s'étonne Pit en sortant de son bric-à-brac un petit livre blanc. De toute façon, ce l-l-l-livre est indéchiffrable et dangereux. Reprenez-le et dites à ces p-p-p-petits bonshommes verts de s'en d-d-d-débarrasser. Je crois que c'est de la m-m-m-magie noire.

Vaut mieux que je ne pose pas trop de questions afin d'éviter les complications. Je tends donc une pièce de un lum à Pit et le remercie avant de quitter la carriole :

— Voici pour votre dérangement.

— Oh! Quelle c-c-c-courtoisie, cher Lumenen, bafouille le vieil homme, le sourire aux lèvres.

C'est bien la première fois qu'on me traite de courtois. Ça me fait tout drôle. Je crois que j'aime ça. Le vieux Pit a pourtant la réputation d'être grognon et désagréable. Finalement, je trouve que ça s'est plutôt bien passé. Il s'agissait juste d'être poli et de lui donner quelques lums.

Et hop! Voilà le travail. Il n'a même pas fait allusion au diamant ni au troc. Je savais que ces gobelins me cachaient la vérité. Pour une fois, j'ai bien fait de réfléchir un peu avant d'agir.

......•••••••••......

De retour à la forge, j'emprunte le chemin convenu et atteins l'arrière-cour. Comme indiqué par les gobelins et également pour me défouler un peu après cette réussite, je frappe un grand coup sur le gros chêne.

Soudainement, le sol se met à bouger sous mes pieds. Je suis brusquement catapulté dans les airs. Ma trajectoire aboutit jusqu'à une trappe ouverte aménagée dans la toiture du bâtiment. Une fois passé, je suis embarqué dans une nouvelle glissade qui met à mal mon arrière-train.

— Foutus gobelins! ragé-je. Les rois des pièges comme disait Fred.

J'aboutis bruyamment dans la grosse cage où se trouve Fred. Il me regarde d'un air neutre. Le connaissant, j'aurais cru qu'il accueillerait ma chute en rigolant. Quelque chose me dit qu'il était inquiet pendant mon absence. Les gobelins sont également là, affichant pour leur part de larges sourires.

— Je croyais que, comme vous m'aviez indiqué une entrée secrète, je serais accueilli autrement, leur dis-je d'un air déçu.

— Ah! s'exclame Trouf. C'est Truf qui a actionné le mécanisme pour s'amuser un peu.

— Oui, eh bien ça n'amuse que lui.

— Tu as quelque chose pour nous ? demande Truf, visiblement diverti.

— Voilà votre livre, dis-je en le lui tendant à travers les barreaux.

— C'est bien le livre, constate Trouf. Tu vois, Victor est bien le type à la drôle de tête.

— Hé, attendez ! réagis-je. Comment connaissez-vous mon nom ?

— C'est moi qui le leur ai dit, réplique Fred. Nous avons discuté un peu pendant que tu te prélassais avec Pit.

— Pas trop, j'espère.

— N'allons pas trop vite, insiste Truf. As-tu d'autres informations à nous donner ?

— Bien sûr que j'ai d'autres informations ! D'abord, vous n'avez pas troqué ce livre contre un diamant. Vous avez demandé les services de Pit afin de le désenvoûter. Vous lui avez même donné cinq lums. D'ailleurs, il dit qu'il n'y arrivera pas et que le livre est probablement chargé de magie noire.

Sur cette révélation, Truf et Trouf se mettent à l'écart pour discuter. À voir la tête de Trouf, je crois que mes déclarations l'ont fait changer de position. Je sens même qu'il est maintenant de notre côté. Mais arrivera-t-il à convaincre Truf ?

— Incroyable, tu as vraiment réussi, lance Fred.

— Non, ce livre est faux, attend de voir leur tête quand ils l'ouvriront.

— Quoi !!!

— Je plaisante. Voilà que je fais des blagues idiotes comme les tiennes. Tu déteins sur moi.

Nous ricanons.

Peu après, Truf revient vers nous, pendant que Trouf actionne un mécanisme qui ouvre la cage, nous libérant enfin de ce cauchemar.

— Connaissais-tu ce livre? demande Truf.

Dans une situation comme celle-ci, mieux vaut être sincère.

— À vrai dire, c'est la première fois que je le vois.

— Victor, répond Truf, je ne sais pas si tu es le type du livre, mais tu as ce qu'il faut pour gagner notre respect. Tu as mis ton ego de côté pour sauver ton ami tout en respectant ce vieux Pit. C'est tout à ton honneur.

Tiens, on dirait qu'il devient sympathique, ce bourru.

— Nous avons trouvé ce livre sur un bandit que nous avons pris au piège la semaine dernière. Nous n'avons eu que quelques instants pour le consulter avant que ses pages ne s'effacent pour n'y laisser que cette étrange énigme dans une langue inconnue.

— Et où est ce bandit maintenant? demande Fred d'un air intéressé.

— Transformé, lance spontanément Trouf.

— Ce n'est pas important, rajoute aussitôt Truf.

Truf reprend son souffle, probablement offusqué d'avoir été interrompu.

— Si ce livre parle bien de toi, il a apparemment plus d'importance pour toi que pour nous. Prends-le et essaye de le désenvoûter. Qui sait, tu y apprendras peut-être des trucs sur ta famille.

— Ah oui! Vous nous le donnez? s'étonne Fred.

— Oui, sauf que si vous le déchiffrez, par curiosité, nous aimerions bien connaître le détail de son contenu. Nous serions même prêts à vous payer pour cela.

— Ah oui! Combien? demande Fed.

J'interviens aussitôt en bousculant légèrement Fred pour qu'il ne fasse pas tout foirer.

— Mon ami blaguait, évidemment, déclaré-je pour minimiser. Nous nous ferons un plaisir de partager son contenu avec vous gratuitement.

— Alors là vous gagnez tous deux notre respect, déclarent les gobelins de concert.

Sur cette note, ils nous montrent le chemin de la sortie et nous invitent même à leur rendre de nouveau visite quand nous le désirerons.

Fred et moi nous posons beaucoup de questions au sujet de ce livre et des déclarations des gobelins. Cet envoûtement et cette mystérieuse transformation ont de quoi perturber. Mais ce n'est pas vraiment le moment de trop réfléchir. Je crois que nous avons eu largement notre dose pour ce soir.

Qui sait, il y aura peut-être une deuxième visite. Je crois que leur invitation était sincère. Après tout, ces gobelins sont comme des amis : ils nous ont libérés et ne nous ont pas transformés…

· · ·•••✪•••· ·

Sur le chemin du retour, nous pressons le pas afin de rentrer au plus vite dans nos quartiers et surtout pour maximiser nos chances de ne pas être vus. Demain matin, je vais encore avoir droit à des réflexions de la part d'Ysabel et de Stella. Tant pis. Je n'ai peut-être pas eu de réponse à toutes mes questions ni découvert beaucoup d'indices sur la situation actuelle à Utenau, toutefois, Fred et moi avons la tête et le cœur remplis d'émotions fortes. C'est un très bon point.

J'ai maintenant des gobelins et un marchand ambulant comme amis. Mon copain Fred m'en doit une. J'ai un livre mystérieux qui parle d'un type avec une drôle de tête. Prochainement, je m'attaquerai à une nouvelle enquête sur la transformation dont parlent les gobelins, car je suis vraiment curieux de savoir de quoi il s'agit. Ce n'est pas une belle soirée, ça?

Chapitre 18

L'aveu de Firo

Le moment idéal tarde à venir. Il faut dire que je trouve le temps particulièrement long, car je commence à en avoir assez des taquineries de Victor au sujet des biscuits qu'il dit pouvoir bientôt déguster à mon compte. Il a l'air très fatigué depuis quelques jours et son humour s'en ressent : il devient vraiment lourd.

Je viens de donner rendez-vous à Ysabel et Victor devant les portes de la grande bibliothèque, car le commandant Firo vient d'y pénétrer. Malheureusement, ils ne sont pas en avance.

Alors que j'attends patiemment, la magicienne Jéwéa qui passait par là s'arrête et m'aborde :

— Eh bien, voici la charmante Stella.

— Bonjour, dame Jéwéa.

— J'ai entendu beaucoup de bien sur toi et sur ton apprentissage. Je savais que je ne m'étais pas trompée.

Continue comme ça, Stella. Tu es promise à un grand avenir rempli d'aventure.

— Merci, Jéwéa. Si vous saviez comment je vous admire. J'aimerais tant apprendre à vos côtés.

— Stella, je dois partir en mission quelques jours. À mon retour, je prendrai du temps pour parler avec toi si tu le désires.

— Vous et moi seules discutant de vos aventures ? Oh oui ! C'est ce que je désire le plus au monde !

Avant de partir, elle dépose délicatement sa main sur mon épaule et me dit le « au revoir » le plus doux que je n'ai jamais entendu.

Quelle belle journée qui commence.

Quelques instants plus tard, Ysabel et Victor me rejoignent. Dès leur arrivée, j'envoie une petite taquinerie à Victor. Je suis particulièrement de bonne humeur aujourd'hui :

— Wow ! Tu as une drôle de tête ce matin, Victor. Aurais-tu étudié toute la nuit ?

— Mais qu'est-ce que vous avez tous avec ma tête ? Qu'est-ce qu'elle a de drôle ? Vous ne pouvez pas la laisser tranquille ? Tu devrais plutôt t'occuper de ta tête si tu ne veux pas que je te la cabosse.

Houla, Victor est plutôt susceptible ce matin. Définitivement, il n'a aucune éducation et aucun sens de l'humour. Elle était bonne pourtant, ma blague.

— Arrêtez, vous deux ! intervient Ysabel d'un air irrité. On ne va pas commencer la journée comme ça. Stella, garde tes taquineries. Victor, modère tes répliques destructrices.

Bon, j'ai peut-être un peu exagéré, d'autant que Victor n'a pas l'air dans son assiette. Mais quand même, qu'est-ce qu'il est susceptible ! En tout cas, je ne le laisserai pas ébranler ma bonne humeur.

— Pourquoi tu nous as convoqués ici, Stella ? demande Ysabel une fois le calme revenu.

— Le seigneur Firo est entré ici. Il sortira forcément par la même porte.

— Et ? demande Victor.

— Je n'en peux plus d'attendre. C'est aujourd'hui qu'on va lui demander. C'est aujourd'hui qu'on va savoir.

— Et on va devoir attendre longtemps ? réplique Victor. Parce que j'ai mieux à faire, moi.

— Taisez-vous, coupe Ysabel. J'entends quelqu'un qui arrive.

Le seigneur Firo apparaît sur le seuil de la porte. Avec un énorme livre sous le bras, il sort certainement d'une nouvelle séance de lecture. Impatiente d'en finir avec ce stupide pari, je l'aborde :

— Seigneur Firo, nous avons une question à vous poser, une question très importante.

Tout d'abord surpris par notre intervention, il nous dévisage d'un air intimidant et finit par répondre :

— Cela ne peut pas attendre, Stella ? J'ai beaucoup de travail.

— Cela fait déjà trop longtemps que nous attendons, seigneur, insisté-je. Nous avons besoin d'une réponse, car nous sommes inquiets.

— Qu'y a-t-il ? Qu'est-ce qui vous préoccupe ?

— Vous, seigneur, vous et ce qui se passe ici, chez les Lumenens.

— Je ne comprends pas.

— Vous semblez tourmenté, vous lisez plein d'ou-vrages sur la guerre noire et sur l'Ombre, sans oublier que vous formez de plus en plus de nouvelles recrues.

— Je ne fais que mon travail, je ne vois pas ce qu'il y a d'inquiétant.

— Nous pensons qu'il n'en est rien. Il y a les pré-dictions, et vous agissez comme si quelque chose de terrible allait bientôt arriver. Cela nous effraye d'autant plus que nous ignorons de quoi il s'agit. Dites-nous la vérité, seigneur. Dites-nous quel danger nous menace.

Le seigneur Firo se mure un instant dans le silence. Son visage impassible et son regard lointain nous témoignent de la gravité du sujet. J'ai visé juste.

— Vous êtes clairvoyants, les enfants, finit-il par déclarer. J'avoue que vous êtes dans le vrai, mais je ne peux pas vous en parler maintenant. Retrouvez-moi ce soir dans mes quartiers. Nous en discuterons.

Sur ces mots, il tourne les talons et s'éloigne d'un air songeur. Soudainement, il s'arrête et revient vers nous d'un pas décidé.

— Les enfants, préparez-vous. Je vais vous confier votre première mission. Je vous donnerai tous les détails ce soir.

Tandis que Firo s'éloigne, je me tourne aussitôt vers Victor, un grand sourire satisfait sur les lèvres :

— Allez, Victor, envoie les biscuits !

À SUIVRE…

Ne manquez pas la suite.

Narré par : **JÉWÉA**

Chapitre 1

Sur les traces de la princesse

Le voilà enfin. Il vient certainement de la biblio-thèque. C'est incroyable le temps qu'il passe à consulter les livres. De tous les Lumenens, le seigneur

Firo est de loin celui qui connaît le mieux l'histoire de notre royaume. Tout ce savoir fait de lui la personne la mieux placée pour nous préparer à la sombre période qui vient de débuter. Ma confiance en lui est totale. Je le suivrais les yeux fermés, où qu'il nous mène. Il est rassurant d'avoir un tel chef. C'est une vraie chance pour l'ordre des Lumenens.

Pourtant, je le sens fébrile. Il ne cesse d'ouvrir encyclopédies, grimoires et récits, de tourner des pages, de les lire et de les relire comme s'il cherchait une information cachée, un détail qui n'est écrit nulle part. Ça a l'air de le hanter. Que craint-il ?

La Lumière pâlit et l'Ombre s'obscurcit. La prédiction…

Il ne m'a même pas remarquée tant il est plongé dans ses pensées. Ce n'est pas le moment de le déranger, je le vois bien, mais je ne peux pas attendre. Il faut absolument que je le lui annonce. Je saute sur l'occasion et l'interpelle :

— Seigneur Firo, je dois vous parler.

— Ça ne peut pas attendre, Jéwéa ? répond-il en s'arrêtant net. J'ai beaucoup à faire.

— Non, c'est très important.

— Je t'écoute, accepte-t-il tout en reprenant son chemin.

Je lui emboîte le pas. À son côté, je déclare :

— J'ai retrouvé la trace de la princesse.

— Quelle bonne nouvelle ! Où est-elle ?

— En Ini, je pense.

— Tu penses ?

— À vrai dire, je n'ai aucune certitude. Mais mon intuition me dit que c'est vrai.

Firo s'arrête et se tourne vers moi. L'expression de son visage traduit un certain soulagement. Il est très proche du roi, et la disparition de la princesse Maéva ne cesse de le tourmenter. À la demande du roi, il a gardé cela secret et n'en a parlé qu'à Edgard et à moi, ses subordonnés les plus proches, en nous demandant d'enquêter discrètement.

— J'ai toute confiance en ton intuition, Jéwéa, finit-il par me dire. Tu es la plus grande magicienne de l'ordre. Raconte-moi tout.

— Merci, seigneur Firo. J'ai tout d'abord entendu parler d'une mystérieuse jeune fille qui visitait tous les orphelinats de la ville. Elle semblait rechercher un garçon qui aurait été abandonné à sa naissance il y a une quinzaine d'années. Cette fille se cachait dans un long manteau rouge à capuche. Personne n'a pu voir son visage et cela m'a intriguée.

— Continue.

— J'ai questionné des dizaines de personnes et j'ai fini par apprendre qu'une dame avait autrefois abandonné un bébé répondant à la description.

— Cet enfant, qu'est-il devenu ?

— Il a fugué à l'aube de ses huit ans et n'a jamais été retrouvé.

— Bon, et alors ?

Firo paraît impatient. Il se demande certainement où je veux en venir. Ayant conscience de son état d'esprit actuel, je poursuis aussitôt mon explication :

— Sachant cela, l'attention de la jeune fille se serait alors portée sur cette dame. Elle a suivi sa trace dans tout Utenau et cela l'a conduite devant le portail de la terre.

— Elle serait donc partie dans ce territoire sauvage ?

— Oui, c'est ce que je pense.

Firo se mure dans le silence et réfléchit longue-ment. Il s'approche d'une fenêtre et contemple l'exté-rieur. De là où nous sommes, on voit les murailles de la ville qui scintillent sous les rayons du soleil. Elles marquent la frontière avec les territoires sauvages, et je sens que les pensées de mon commandant sont tournées vers eux.

— Je pense que tu as raison, Jéwéa, finit-il par annoncer. Cette mystérieuse fille en manteau rouge doit certainement être la princesse Maéva. Je ne sais pas pourquoi elle a fait cela, mais le simple fait d'être certain qu'elle a agi sans contrainte est déjà rassurant. J'avoue que je m'attendais à autre chose, un enlèvement ou bien pire.

— Sauf votre respect, seigneur Firo, savoir la princesse seule au cœur d'Ini n'est pas très rassurant. C'est une contrée si vaste et si différente de notre ville.

— Je suis d'accord, mais ce que tu viens de m'ap-prendre me redonne de l'espoir. J'ai envoyé un agent dans ce territoire, un petit animal très curieux qui s'appelle Naf. Si Maéva est là-bas, il ne tardera pas à retrouver sa trace.

— Voulez-vous que je parte en Ini ?

— Non, Jéwéa. J'ai besoin de toi ici pour former les nouvelles recrues. Et puis je me méfie de l'Ombre. Les divinités du royaume de Lumenumbra sont en train de se préparer à un terrible affrontement. Il se passe des choses qui nous dépassent et ton haut rang dans l'ordre constituerait un réel désavantage. Tu serais immédiatement reconnue par les créatures peuplant ce territoire et cela compromettrait ta mission.

— Que souhaitez-vous faire, alors ?

— Je vais y envoyer de jeunes Lumenens. Ils passeront inaperçus.

— Vous pensez à qui ?

Firo esquisse un sourire, puis répond :

— Tu n'as pas une petite idée ?

— La petite Stella.

— En effet, c'est à elle que je pensais. Elle est talentueuse, n'est-ce pas ?

— C'est la gardienne la plus prometteuse de la loggia jaune. Mais elle est encore très jeune. Je ne sais pas si…

— Elle ne sera pas seule, rassure-toi. As-tu remarqué les liens qui l'unissent à ses camarades, Ysabel et Victor ?

— Oui, en effet. Ils ont l'air d'être inséparables.

— C'est ce qui fera leur force. S'ils restent unis, ils y arriveront.

— Mais ne pensez-vous pas qu'une telle tâche risque de les affoler ?

— Ha ha ha ! Au contraire, ils seront ravis. Ils brûlent d'envie de partir à l'aventure. Victor, le jeune guerrier, a d'ailleurs déjà perdu patience. Cela fait quelques soirs qu'il s'échappe du quartier général avec un de ses camarades de la loggia rouge pour aller en ville. Truf et Trouf m'ont même raconté qu'il a visité Matau la nuit dernière. Plutôt osé, n'est-ce pas ?

— Avec tous les pièges qu'ont posés ces gobelins, c'est en effet risqué de s'aventurer là-bas sans y être invité. Et vous n'avez rien dit ?

— Non. Il vaut mieux lui laisser cette liberté plutôt que de frustrer son naturel. C'est formateur et puis, de toute façon, cela ne changerait rien de le sanctionner maintenant. D'autant que sa camarade Ysabel est là pour le raisonner. Cette rôdeuse est sage et intelligente. Je lui fais confiance pour tempérer les ardeurs de Victor comme pour canaliser les émotions de la petite Stella.

— Vous les croyez donc capables de réussir.

— Ils débordent de talent et, malgré leur inexpérience, je les crois prêts, en effet. J'ai d'ailleurs déjà décidé de leur confier une première mission juste avant que nous ne discutions. Si tu veux tout savoir, ils m'ont même forcé la main, Stella en tête. Je les vois ce soir.

— Vous avez toujours su cerner les qualités des gens, seigneur. Je me fie à votre jugement. Pourtant, je devine que vous ne me dites pas tout. N'y a-t-il pas autre chose chez ces enfants ?

Firo esquisse un nouveau sourire. Je sais qu'il apprécie mes questions indiscrètes autant qu'il les redoute. Entre nous, c'est un petit jeu que nous pratiquons avec une certaine complicité.

— Ta clairvoyance m'étonnera toujours, Jéwéa. Je ressens effectivement autre chose chez ces enfants. Malheureusement, je n'arrive pas à l'identifier précisément. Tout ce que je sais, c'est qu'un lien spécial les unit à la Lumière.

— Je l'ai ressenti aussi, seigneur. Mais c'est encore incertain dans mon esprit. L'Ombre est également très présente et elle trouble tout.

— L'avenir nous en dira plus, Jéwéa.